结婚互助组

乔叶——著

四川文艺出版社

图书在版编目（CIP）数据

结婚互助组 / 乔叶著. ——成都：四川文艺出版社，2018.1

ISBN 978-7-5411-4862-0

Ⅰ.①结…Ⅱ.①乔…Ⅲ.①长篇小说—中国—当代

Ⅳ.①I247.5

中国版本图书馆 CIP 数据核字（2017）第 309674 号

JIE HUN HU ZHU ZU

结婚互助组

乔叶 著

责任编辑	孙学良
责任审校	蓝　海
封面设计	叶　茂
版式设计	史小燕
责任印制	唐　茵

出版发行　四川文艺出版社（成都市槐树街 2 号）

网　　址　www.scwys.com

电　　话　028-86259287（发行部）　　028-86259303（编辑部）

传　　真　028-86259306

邮购地址　成都市槐树街 2 号四川文艺出版社邮购部　610031

排　　版　四川胜翔数码印务设计有限公司

印　　刷　成都东江印务有限公司

成品尺寸　140 mm×203 mm　1/32

印　　张　7.25　　　　　　字　　数　150 千

版　　次　2018 年 1 月第一版　　印　　次　2018 年 1 月第一次印刷

书　　号　ISBN 978-7-5411-4862-0

定　　价　38.00 元

写在前面

一直觉得写序是一种负担。但这次，有几句话，想要说在前面。因为对于一本书来说，能够再版，其意义就等于重生了一次。

这部小说写于大约十年前，如今再读，颇为感慨。"江湖夜雨十年灯"，灯下回首，这颗心依然相信生活相信爱，也因此，此小说对于我也依然有成立的理由，聊可自慰。

感谢亲爱的读者。十年前，我刚刚开始小说写作，在好奇心的驱使下，对小说文本的技法经常进行一些趣味私密的实验，比如把几个短篇糅合成一个中篇，把一个散文变异成一个小说。《结婚互助组》也有这种实验性。因此，特别熟悉我作品的朋友可能会在这部小说里发现一些其他中篇的细节痕迹，请不要介意。

我爱你们。我会继续努力的。

乔叶

2017. 12. 13

第一章

1

四米宽，三米长，这个房间面积十二平方。两张单人床，每张一米宽两米长，占去四平方。一张梳妆台跨连着两张单人床的床头，占去约一平方。床尾是两个对放的衣柜，共占去大约三平方。梳妆台相对的另一位置是一张写字台，再占去约一平方。写字台上面放着一台二十一寸的长虹彩电。对着门的墙角是一个树形的咖啡色衣帽架。两床之间还有一些些空地，再放上一把椅子，整个房间就满满当当，再也找不到一片超过半平方的完整空间。

电视开着。宁子冬和宁子夏躺在各自的床上，敷着面膜，瞄着屏幕。现在已经将近子时，本省的都市频道正在播放《心夜相约》。这是一档情爱咨询节目，主持人当着无数观众接听热线，出谋划策，解惑答疑。主持人有两个，一男一女，轮番值夜。男主持人叫百智，值夜一三五，女主持人叫千慧，值夜二四六。星期天空档。百智话锋凌厉，语势凶猛，经常痛骂咨询者，肆无忌惮。千慧则清音婉转，循循善诱，如一泓暖暖温泉，滋润可人。两人一刚一柔，一硬一软，再加上打热线的人呈上各色奇特隐私让人应接不暇，很快就揽尽了大众口味，成了都市频道的王牌节目。虽然节目时段不算最好，广告价位却是全台第一。

今天周一，是百智时间。刚刚打进来热线的是个女孩子，她说她正在读大学。

百智老师你好。

你好，有问题请说。

我是你的忠实观众，非常喜欢你的主持风格。经常收看你的节目，我的同学也都……

谢谢。百智打断她：有什么问题请说。

你辛苦了。

我当然辛苦。你这么啰唆我能不辛苦吗？百智开始不耐烦，眉头拧成一个"川"字，这是他一贯的表情：快说吧。

哦，是这样，我谈了一个男朋友，我们恋爱两个月了，他说他喜欢上了别人，就和我分手了。最近，他又来找我，说他喜欢的其实还是我，我很犹豫……

你多大？

十九岁。

大一？

是的。

这一瞬间，百智的表情很平静。子冬看着他的脸，知道这是暴风雨前的停顿。他已经年过半百。一张五十多岁的男人的容颜，有些憔悴，有些沧桑，然而在骂人的时候却常常会激动得神采奕奕。子冬和子夏都喜欢他这一刻。

果然。百智神色突变，开始滔滔不绝：十九岁？你知道你在干什么吗？不好好学习，谈什么恋爱？你谈什么恋爱？嗯？你知道希拉里十九岁在干什么吗？你知道赵丽颖十九岁在干什么吗？居然还好意思跟我说你在谈恋爱?！当然了，豆蔻年华，你有这份心情去谈恋爱那就谈吧。可你不看看你谈的是个什么人！他不爱你。我告诉你，他不爱你！要是他爱你当初就不会去找别的女孩子！现在他回来了，说心里还有你，你就相信了？你有脑子吗？他说什么你就信什么？他放个屁都是香的？你还犹，豫，有什么好犹豫的？别告诉我说你放不下他，不过谈了两个月，没什么放不下的！要是谈两个月就放不下，那将来你如果和一个男人结婚过日子迫不得已要离婚的话，还不得跳河啊？你有出息吗？你告诉我你有出息吗？你能不能有点儿出息啊？你听听你说话的声音，腻腻歪歪，有气无力，你这个孩子，你气死我了！

越骂越甚的百智挥舞着双臂掐断了女孩子的热线。明明是他在教训人，他却还这么生气。子冬和子夏一起笑起来——不过，百智生气似乎也不是没道理。教训人的人在教训的时候也是生气的，如同打人的人自己的手掌也疼。

我真是爱死这个百智了。他说话怎么那么解气啊？子夏道，对那些糊涂虫就该这么敲打敲打。

不是糊涂虫的话不用敲打，要真是个糊涂虫，敲打又有什么用？子冬道，再说感情这种事，还是得像千慧那样细细去梳理，才更尊重当事人的感觉。

有什么好梳理的。快刀斩乱麻就是了。看清楚问题所在，一刀下去，咔嚓！子夏做了个手势：钢刀利水！

子冬沉默。电视上，百智又接通了一个热线。这次是个男人。

百智老师，我结婚两年了，有个问题很苦恼。

什么？

我总觉得自己下面不够硬。

子夏扑哧笑出来，道：这又是个没事儿找抽型的。

屏幕上的百智也绽放出嘲讽的微笑。

不是很硬？是不是也硬啊？

硬是硬，我只是觉得硬度不够。

进不去？

能进去，就是硬得不直，我总觉得有毛病……

能进去就行，能工作就行！百智终于发火了，声音越来越高，像是在吼：不够硬？你不觉得自己无聊吗？你想要多硬？比钢筋硬？比水泥硬？比铁棒硬？还说硬得不直。嗤！一个肉制品，你想要它多直？比水杉直？比竹竿直？比直尺直？我只能说，你很可笑，也很荒唐。如果你认为自己的工具硬度确实是个值得关注的问题，请去男性医院检查。我想他们会很欢迎你去奉献人民币。再见！

子夏边听边忍不住哈哈大笑。子冬示意了一下，子夏敛了声，用被子捂住嘴巴，闷乐。隔壁是哥哥子春夫妇。嫂子已经怀孕两个多月了，很注意生活规律。前两天还提她们意见，说电视声音高了，影响了她的睡眠质量。

接下来打进电话的是一个女人。哭诉说她和前夫离婚后，又找了现任丈夫，生活得不错。可最近前夫又来找她，想和她复婚。她没答应复婚，却和他又发生了一次关系。觉得对不起现在的丈夫，很苦恼。

你现任丈夫不知道这事儿吧？

不知道。

那你还苦恼什么？你还打算和前夫做吗？不打算做就不要再苦恼了。打算再做么，那也不要苦恼。反正又不是以前没做过，再做做又有什么关系？

那……不太好吧？是不是太乱了？

哼哼。百智冷笑：你还知道不好？知道不好还去做？你这个女人，让我说你什么好啊？我怎么能不骂你呢？噢，你前夫和你离了婚，一求你你就心软。你有主意吗？当初要是没问题你们能离婚吗？没问题离什么婚啊？现在他后悔了，来找你了，你就去陪他玩。这是什么事儿?! 你就那么不值啊？你就那么贱啊？都栽过一次跟头了，还要栽几次才能栽明白啊？你以为你还能栽几个？不知道珍惜的话，人生很快就糊里糊涂栽到头儿了！

我知道我错了。那我要不要把这件事情告诉丈夫啊？你说过，夫妻之间要以诚相待的……

是，我说过。我还说过要讲文明懂礼貌把存款捐给希望工程呢，还说过不要买盗版书不要看黄片不要乱丢废纸呢，百智龇着牙，如果你觉得我说过的所有话都可以当成圣旨的话，那你就去向你的丈夫忏悔吧，笨蛋！

然后又是一个男人的热线。

百智老师，我离过一次婚，现在找到了一个很不错的女朋友，想要再婚。

那就结呀。

可是有个问题。我第一次婚姻时，因为我没有生育能力，就和前妻抱养了个女孩，现在已经六岁了。我女朋友不能接受这个女孩。我的亲戚朋友也都建议我把这个女孩送人，说反正不是亲生的。

子冬凝神，看见百智的脸都有些变形了。

你呢？你怎么想？

我么，当然也舍不得她。毕竟都有感情了……

那就和你女朋友断了，要孩子！当然得要孩子！天下的女人多着呢，不是她一个！找个能接受孩子的女人结婚！你还说她不错？她连你的孩子都不能接受，还有什么不错的？我看她是自私透顶，根本不能要！也别听你亲戚朋友的话，这是你的事！不是亲生的？什么亲生不亲生？反正你也没有生育能力，抱养的孩子就是亲生！

可我最近确实很艰难，下岗了，生活没有着落……

生活没有着落还在谈恋爱？你骗谁啊？不要找借口！你能养自己，能让自己有口饭吃吧？那我就不信你不能养活一个六岁的孩子！你好意思说这话吗？好意思吗？啊？我都为你害臊！想想吧，想想吧，一个六岁的孩子，一个叫了你六年爸爸的孩子，为了一个不怎么样的女人，你居然想要把她送人，你还是人吗？啊？你还是人吗？

屏幕上的百智双目圆睁。子冬和子夏一起看着这个激动的男人。当着这么多人的面，他骂得排山倒海，酣畅淋漓。看着是不容分辩，却往往能很直接地抓住本质问题出拳重击。旁听的人痛快，估计当事人一定汗流浃背。

最后打进热线的是个女人。是个忠实观众。说没有什么可咨询的，就是心疼百智，理解百智。骂那些咨询的人水平太次，才会让百智生气。"我们支持你，百智。对那些弱智的人，你跟他们讲不清还得讲，像个精神收容所所长。你真不容易。我要呼吁所有的观众都好好爱你。你多保重。我们需要你。"挂断电话的百智嘴角上翘，丝毫不掩饰自己的得意："我很感动。我知道骂我的人很多，但是我也知道，喜欢我的人更多。因为我敢讲真话。这个世界上，敢讲真话的人不多，爱听真话的人却很多。因此，我很安慰。再见。"

子夏按了一下遥控器。房间里静下来。有人轻轻地敲门，然后传来父亲的声音："还不睡啊？"

"这就睡。"子冬和子夏一起答。

揭下面膜，两人安睡。一时却也难以入睡。子夏轻轻道："还是在外面住清静。不知道子秋在一人世界忙什么呢。"

"还能忙什么，不过也还是睡觉。"子冬道。

2

一晃过三冬，三晃一世人。半年前，年届花甲的老宁同志终于光荣退了休。对于自己的退休生活，老宁早有打算。都说退休的人是闷在一个大水泥盒里，等着进一个小骨灰盒，他可不想这样就把自己打发了。他和老伴的退休金都不少，身体也都健康硬朗。辛苦了一辈子，他们得好好地享享清福。退休前一个月，老宁天天都回家很晚，好像有很多饭局的样子，只有他知道自己在忙活什么：在网上详细查阅了全国各地风景名胜区的资料，下载打印出来，订装成册——这就是他的退休生活指南。他准备带着老伴儿去大肆旅游。老伴儿比他早退休几年，退休后的主要娱乐就是跟着社区里的老太太们扭秧歌，打腰鼓，练太极，逢年过节或者哪个商场开业时抹眉画眼地去舞一遭助助兴，他打心眼儿里瞧不上。他也不想像别的老头一样在街心公园瞧人下棋，溜着墙根儿晒太阳，甚至刷着免费的老年公交卡一趟趟地顶着司机的白眼看街景。老宁一共姊妹五个，四男一女。他是老三，大哥在乡下，二姐在西安，老四在蓬莱，老五在桂林。他据此制定的第一年度旅游计划很细密：春天去西安看兵马俑，夏天去蓬莱海边消暑气，秋天去桂林看山水甲天下，冬天这边暖气好，就哪儿也不去，儿女们承欢膝下，欢欢喜喜团团圆圆地过大年。你说这该有多美！百分之百高纯度的夕阳红呢。

然而，老宁的安排如此妥当，却无法落实下来。这段时间家里颇不宁静。他的心情也如大太阳底下五黄六月的熟麦子，越来越焦躁。简单说来，有一喜，一气，一忧。儿女是父母一辈子的债，他和老伴儿的喜气忧自然也都来自儿女。不过夫妇俩的表现症状不同。老伴一遇事就犯高血压，他是一遇事就犯心脏病。有时候是老伴的高血压引起了他的心脏病，有时候是他的心脏病引起了老伴的高血压。总之是夫唱妇随，连锁反应，有着亲密的因果关系。

老宁有四个孩子，在同茬人里，这个数目不算少。大女儿子秋出生于一九七〇，儿子子春出生于一九七三，但老宁显然觉得家里只有一个男孩子保险系数不够。那时已经开始提倡计划生育，口号是"一个不少，两个正好"。这话老宁倒是赞成的，不过得补充一下：女孩一个不少，男孩两个正好。好在势头还不是太紧，老宁就决定让老婆再继续生，二女儿子冬生于一九七五。这让老宁很不满意，于是继续在老婆肚子上勤恳工作，结果一九七八年又生了小女儿子夏。子夏在子宫里发育过分，胎盘与子宫壁也黏结在一起，引起了大出血，老宁细心给老婆调养了半年，才让她的身体勉强恢复了基本的底气，凑合着上了班。这让老宁彻底断了再生个儿子的念想。

四个孩子脚挨脚长大成人，上学，工作，倒也都没出什么大的岔子。到了婚恋这一关，儿子还算顺当，三个女儿却一个比一个不争气。大女儿子秋就不说了，好不容易结了婚，过了三年就离了，重新压到他宁家的仓库里。这让老伴第一次犯了高血压，他第一次犯了心脏病。家里没地方住，女婿谢英苦苦求着，子秋就住到了谢家空着的老院子里——谢家二老常年在珠海女儿家住着。听说子秋一直坚持付房租给谢英，以此抵触谢英试图复婚的努力，现在已经单身了两年，还压根没有和谢英复婚或者和别人结婚的迹象。她在交通局是人事处处长，小小一官，沉默寡言，脾气古怪，一家人都不敢招惹，也只好由她。最近气他的是小女儿子夏，一年前哭着喊着要跟子秋一样去独立，老宁只好放她去自由，于是她欢天喜地地在外面租了房子单住，租的房子恰好和过去的一个老同事在一个小区，后窗正对着老同事的阳台。老宁终究是不放心，就拜托老同事替他盯着点儿。前些天老同事神态忧戚地向他汇报：子夏一个月内留宿了三个不同的男友。"很乱哪。"老同事说。顿了顿，又加了一句："还经常不拉窗帘。"老宁顿觉自己晚年失贞，面红耳赤，恨不得立时钻到地下。当即就把子夏逼回家中，打骂了一通。——老两口因此第二次双双犯病。老宁发誓要对子夏严加管教，现在的子夏除了每周一次去单位值夜，其他时候都必须严格遵守朝九晚五上下班。喜的是儿子这边。子春两年前结的婚，儿媳妇漂亮能干，最近怀了孕，他马上就能晋级为爷爷——可让他忧的也在这儿。爷爷奶奶不能白当，得操一份儿爷爷奶奶的心。要想去清清爽爽地度夕阳红就得请人来替他们操这份儿心。什么人？当然是保姆。现在的保姆很娇贵，常常首要条件就是住单间。话说回来，就是不怎么挑剔，他也得给人家一个合适的床位。床位从哪里来？只能从现有的房子格局中想办法：三室两厅，一百二十平方，要说也不小，却是一点空儿也没有。小两口一间，老两口一间，子夏和子冬一间。仔细算来，能嫁的，该嫁的，敢催着嫁的，就是三十出头的二女儿子冬了。

对于子冬，老宁夫妇其实是有些愧疚的。四个孩子里，只有这个女儿没让他们两口子费什么劲。子冬生下来这一年，子春三岁，子秋六岁，子春又特别淘，他们倒着班带三个孩子，每天都像冲锋打仗，实在是太累。合计了合计，子冬身体棒，看着泼皮结实，粗养粗养估计也没什么，于是一狠心，就把子冬送到了乡下老家。那时候子冬还不满一岁，四岁那年正想把她接回来，又不慎怀上了小女儿子夏，结果直等到子夏上了幼儿园她才得以返城。回来那年，子冬七岁，正好赶上上小学，说一是"妖"，说二是"乐"，一口的乡音。

从乡下回来之后的子冬和父母的话很少，一直有点儿不贴心。明明在外面有说有笑，回到家就一本正经，没有多少素常女孩子们撒娇活泼的神情。"老大娇，老小娇，不娇就是半中腰。"常言说得有道理，她自己又不讨娇，他们做父母的也只好不娇她了。到了寒暑假就主动要求去乡下陪奶奶，后来上了高中，功课太紧张，奶奶也去世了，才渐渐不再回去。总而言之，倒是个省心的。不过相比于淘气的孩子，省心的总让他们觉得远，有些憷，没有多少发言权。他们也都有些顾忌这个女儿。凡事一般也都由着她拿主意。于是长大成人之后，别人家的女儿都是刚出锅的热馒头，火急火燎地就被抢断了货，只有子冬，谈似乎也没少谈，却是一个也没定下来，他们也就任由她晃晃悠悠就到了现在。

但是如今东风已经开始吹，战鼓已经开始擂，这情形肯定是不能再留她这么继续下去。即使不是为了腾床位，也得赶快打发她出门。毕竟有了儿媳妇。过去的儿媳妇要想熬成婆，得慢慢往上磨，现在的儿媳妇一磨也不用磨，进门就是婆。那个厉害劲儿他一搭眼儿就知道。虽然眼下看着姑嫂们还处得不错，却都不是长久的事。媳妇不是婆养的，扁担不是草长的，和他们做父母的怎么能一个心思？嫂子长长远远担待小姑子的有几个？说到底也是眼中钉，不过钉大钉小钉软钉硬而已。话说回来，即使儿媳妇能担待，子冬也真是大了，女大不中留，留来留去留成仇——不仅成仇，还耽误着子夏。真是庄稼怕误节气，嫁女怕误女婿。一个老姑娘，放在家里成心病，讲到家外是短处啊。

打定主意，老宁和老伴很快就发动了所有的亲戚朋友给子冬介绍对象。插起招军旗，就有吃粮人。最起劲的是老宁一个老同学的妹妹，孩子们都叫她刘姨，是区民政局的副局长，兼管着结婚登记处和一个局属的"鹊桥"婚介所，手里适龄男女的人茬像永远也长不完的韭菜，左边进，右边出，割了一层还有一层，据说促成了很多对。条件的便利让她充满了参与的热情。子冬很快被卷入热火朝天的相亲运动，然而相了一轮又一轮，子冬的情思却是纹丝不动。眼看着一天天过去，头发长了又短，白了又染，既不能把儿媳妇的圆肚子摁下去，又不能把子冬的死心眼揪出来，老宁夫妇这个愁啊。该嫁的女儿该泼的水，要是老泼不出去，存在盆里总让人眼晕。尤其是母亲，一看见子冬她的眼珠子就愁得掉颜色。子冬觉得自己这盆水要是稍微再有些深度，她老人家肯定想栽到里头扎猛子。

他们的愁，子冬当然不能不知道。但是，对于自己的现状，子冬一时也想不出什么好办法。子冬也曾经向老宁建议过到外面租房子住，被老宁断然拒绝。此事有子夏做前车之鉴，老宁已经总结出宝贵教训：女儿是朵花，在没移栽到别的盆里之前，还是种在自己的园子里看着踏实，要不然，很可能就成了野花。

3

心是人最盈润的水，爱情则是这水里最水的水。子冬一直是这么认为的。作为水中之水，它在人心里最柔软，最温存，最游移，也最清湿。它最不确定，最能吸收，也最有弹力。只有这样的质地，才最能把自己倾倒出去，同时也才最有可能把另外的人接纳进来。

但这水中水却不是想有就有的。当然，也不是不想要就没有。子冬在二十六岁那年迎来了热销的最高潮，有六个男人前仆后继向她求爱。其中有两个是别人介绍的，可以省略不提。有一个是在网上认识的，见光死，亦可忽略不计。还有两个是原本就追她的大学同学，也没有什么新鲜意趣。剩下的那个人，身份有些蹊跷。是子春的大学同学韦兵。那一年，子春新婚之后也想换个新工作，韦兵受子春之托，给他介绍了个新东家，来家里找子春的时候，给他开门的刚好就是子冬。后来他不止一次地对子冬描述初见的情形："你刚洗过澡，披散着湿漉漉的头发，穿着一双达芙妮的白凉拖，一身旧棉布的花衫花裤，衫领上还镶着一圈孩子气的荷叶边儿。你一打开门我就愣了，觉得这个人在我心里似乎已经长了二十多年，就等着这一瞬。"

这话很文艺。子冬觉得心里有一块地方被他说得像山楂糕般酸软，就和他悄悄出去吃了一顿晚饭。饭店环境不错，菜也做得漂亮，因为是第一次单独的饭局接触，两人都带着些拘谨。菜一一上来，正式开吃。从韦兵一拿筷子起，子冬就发现，他爱在菜盘里划拉。回合不多，也就两下，左一下，右一下。哪怕是一块已经选定的菜，他也要这么划拉划拉，再夹起来。看着他的筷子在盘里翻云覆雨，子冬就倒了胃口，再也吃不下。韦兵看她停止，问她怎么了，子冬说她习惯散一会儿步再吃饭，今天没散步，所以没有食欲。韦兵连忙夸道："好习惯。应该坚持。有了好习惯真是值得庆幸，能倚靠一辈子呢。"子冬沉默。她知道，自己对韦兵的感觉已经到此为止。当然，计较划拉菜这个动作是有些钻牛角，可根据经验，只要是能被牛角戳破的东西，那就漏了真气儿。真气儿漏了，没法补。

此后，韦兵又约过子冬几次，皆被子冬婉拒。终于，韦兵在子冬下班的路上拦住她，不甘道："为什么？"子冬实话道："没感觉。"韦兵道："哪些地方让你没感觉，你说出来，我可以改。"子冬沉默片刻，道："我哪些地方让你有感觉，你也说出来，我也可以改。"韦兵失笑，脸色继而黯淡下来，沉默片刻，道："我不放弃。"子冬道："那是你的事。"

高潮过去。低潮来临。随后的几年，子冬的爱情开始缺水。约会骤然减少，手机也开始寂寞，交际圈亦是每况愈下，不要说和男人，就连和女人的交往也少了起来。原来的闺中密友纷纷成家立业，伺候老公，照顾宝宝，打卡上班，防备第三者，个个焦头烂额，忙得不亦乐乎。子冬偶然去看她们，也得帮着带孩子做家务，被迫成为半个大嫂。相比下来，子冬的消闲简直是神仙日子。可子冬也知道，自己看着松散，其实是形散而神不散。如同 T 形台上的模特儿，衣服挂在她们身上，无不飘飘欲飞，优哉游哉。可一摸她们身上就会发觉，那皮肤下的骨头是一根连着一根，没有肉的。硌手。

无婚可结，无处可去。因为子夏作孽，想要挣出这个家门单飞已经绝无可能。然而家里却是越来越不能待了。子冬对家里的凛冽局势心知肚明。嫂子在一家外贸服饰公司做部门经理，年龄比子冬还小，要才有才，要貌有貌，要心机有心机，且很会利用自己的身份和优势，该甜时甜，该辣时辣，该要宝时要宝，该甩脸子时甩脸子，俨然比子夏还像小女儿。及至怀了孕更如同怀了大熊猫，成了全家人的一杆秤，掂量着每个人的斤斤两两。除了子秋单身在外，眼不见为净，其他人都得小心翼翼地捧着。子冬知道，在这杆秤上，自己占的那个床位就是最累赘的那个铁砣。至于子夏，虽说年龄也不小了，可有她这个姐姐在前面顶账，她乐得袖手旁观。

鉴于种种难言之隐，子冬有幸和嫂子并列，成了家庭近期饭桌上的两道常菜。对于盛放子冬的那只新盆，大家公论的基本要素有三点：一，新盆必得有一个差不多的盆架——房子。房子是最大的经济基础。二，新盆的样子要看得过去，方是方，圆是圆。不能丢脸面。三，必得是正规厂家出品，这样质量才多半会过得去，省得湿湿嗒嗒跑冒滴漏，若是因此子冬还得再被倒回来，岂不是更恶心？

韦兵就符合这新盆三要素。于是知道韦兵想要努力成为新盆之后，全家人都有些精神振奋，欢欣鼓舞。可等到明白了子冬的态度，便又都士气大挫。不过很快群策群力，在一次晚饭期间，轮番上阵。先是子春问子冬韦兵有何不好，历数韦兵的优点和诚意，仿佛子冬错过的是一张能中五百万的彩票。子冬淡淡道："好人多了去了，我嫁得过来吗？"子春沉默。然后是老宁夫妇轮番开言，举例说某家某女如何心比天高，最后却如何命比纸薄，意思是做人还是要现实一些好，大致差不多就算了。嘈嘈切切的唠叨中，子冬实在忍耐不住，旧事重提道："我还是出去租个房子吧。"于是大家又把思想工作的重点转移，告诉她不是租房子出去的问题。租房子只能把事情的性质恶化。好像摆明了是大家在撵她。其实重要的是她要端正认识，降低姿态，明智选择，这才是上上之策。

看到大家从各种角度出发来当韦兵的说客，却没有一个人有兴趣询问自己对韦兵的感受，子冬心里一阵酸楚，始终不发一言。

"其实也不一定非得子冬嫁人，"子夏犹豫了片刻，终于决定帮腔，"给保姆在外面租间房子也算一个办法。房租我和子冬拿。"

子冬看了看子夏，眼里一暖。转眼再看老宁，却知道子夏的发言点了老宁的火。果然，短暂的沉默之后，老宁开口："我自己的女孩在外面住我不放心，别人家的女孩就不是女孩了？人家的父母就放心了？出了事谁负责？这话说得有没有良心？房租你们拿？你们翅膀硬了，有钱了能养活自己了，是吧？有本事来气我们了是吧？别人家的孩子用钱哄父母开心，我养的孩子倒好，用钱来气我！"

这话蛮的。子冬简直无法说服自己听下去，忍不住偏声道："我还是去外面租房子住，我已经决定了。"

看子冬这样执迷不悟，老宁当下撂了筷子，拍桌而起："一个大姑娘家，自己在外面租房子住，越住越独，有什么好？趁我和你妈还没死，你就灭了这个心，找个正路嫁人去！说是终身大事不能将就，那么多人不都找了？也没见跳火坑的有几个！不是皇帝御脚，就走不得黄砖铺路。又不是一只金凤凰，硬要爹开毛去扑腾，都不知道自己是什么了！"父亲砸过来这团话，句句扎心。子冬嘴唇颤抖，站立片刻，也厉声道："我是不知道自己是什么，你最好也忘了我是什么！就当没生下我这个女儿！又不是没抛下过！"言毕拍门而去。剩下一桌子人拿着筷子惊愕，没人再说一句话。

出得门来，忍了忍泪，将手机关了，子冬来到常泡的一家酒吧。要了杯红酒，静静地坐着，一点点啜饮。有人过来搭讪，她理也不理。酒吧里的夜生活刚刚开始，各色人等正如溪流入湖，渐渐稠密。放眼看去，香衣粉鬓的女孩子们个个青春靓丽，嬉笑快乐，如朵朵初春之花，子冬更加黯然。不多时，子夏也到了。姊妹两个默默地喝着酒，子夏道："要我看你也是作惊作怪。韦兵不错，不如嫁他，以后有中意的再离呗。闲着也是闲着。"子冬道："不害人家。"子夏道："他爱你，那是成全他。"子冬道："那我不害自己。"子夏道："其实，爸说得不错，男人么，大路不错就算了。我经了那么多，就这感觉。要不是还想再玩两年，我就随便找个嫁掉。"子冬道："我不像你有胸怀人尽可夫。"

台上，一个寂寥的男声正在唱梁静茹的《勇气》：爱真的需要勇气，来面对流言蜚语，只要你一个眼神肯定，我的爱就有意义……子夏沉默片刻，苦笑道："我有两个朋友，最近都离了婚。一个是谈了四年恋爱才结的婚，半年前发现丈夫在一家超市偷偷买入有股份，每年都存有十几万的私房。顺藤摸瓜，又查出他有个正上大学的小情人。另一个一年前嫁到了石家庄，是在太行山上举行的集体婚礼，还对着大山宣过誓呢，结果蜜月一完就离了。原因是她结婚前用自己的积蓄在这里买了个房子，被丈夫说是在留后路，两个人争执不下。这样的事情不用看报，每天三只耳朵听都听不尽。我不想被人疑，也不想去疑人。耐不了寂寞，又看不清未来，就只有一边玩一边撞运气。"子冬也觉出自己的过分，拍拍子夏道："对不起。"子夏笑笑，突然道："我真心建议你，先找个差不多的人暂且过日子，就当给二老一个交代，另也找了个房子住。"子冬道："就算我愿意，到哪儿去找这样的人呢?"子夏道："三条腿的蛤蟆不好找，三条腿的男人还是好找的。只要适当放宽标准。"子冬纳闷道："男人怎么有三条腿?"子夏道："两条长的支身子，一条短的支女人。"子冬啐了一口，两个人都轻轻笑了起来。

手机铃响，是子春的号码。子夏接了，神色大变，惊叫一声，当即结了账，慌慌张张地拉着子冬离开了酒吧，打了辆车直奔医院。子冬不用问也知道，不是父亲犯了病，就是母亲犯了病，或者是两人一起犯了病。

一进医院，她们先看见子春夫妇在走廊的长椅上坐着。嫂子郑重地告诉子冬，她和子夏先后离开家后，父母身体都有不适，他们只好把二老送到医院。她忙乱的情绪好像也惊吓到了胎儿，有些心慌。刚刚她也在妇产科做了一个检查，以防万一。

　　子冬无话，进了病房，父亲已经挂上了点滴，子秋正在照顾母亲吃药。五个人默默无语。许久，子冬才在父亲的床前坐下来。老宁闭了眼，不说话。母亲招呼子冬过去，子冬便挪过来，母亲挽着子冬的手，缓缓道："子冬，树挪死，人挪活。还是快点找个人家吧。三个女孩都在眼里窝着，知道的人说你们眼高，不知道的人还以为我宁家的孩子有毛病呢。唾沫淹死人。这两张老脸，搁不住啊。"

　　子冬盯着脚下的地砖。地砖是六十乘六十公分的规格。最早是三十乘三十，然后是四十乘四十，后来是五十乘五十，将来会是八十乘八十，一百乘一百……什么都是越来越大，唯有她似乎是越来越小。饶这么小，还四处放不下。

　　子冬没有说话。但她听见自己在心里对自己说："好。"

第二章

1

其实，韦兵之前，子冬还碰到过一个人，那个人，是老成。后来子冬才明白：如果一定要为自己的爱情缺水找个原因的话，那就是老成用水过度。

老成就姓成，说来也不老。不过四十出头，比子冬大十来岁。那一年，子冬供职的装饰设计工程公司因为办公桌椅都已经超期服役破烂不堪需要全部更换，和公司手拉手结对子的一所山里小学新校舍也刚刚落成，需要捐献两百套新桌椅，两项加起来是一笔不小的支出。公司虽然挂靠在市城建局，实际是已属私营，这些内部形象工程和外部形象工程的银子就都得羊毛出在羊身上，拨得让老总疼惜。这事属于子冬的职权范围。虽未成家，她也已经立了小小的业，是行政科科长，属下职员一名，是个有时间就偷偷在电话粥里打啵的女孩子。老总把子冬叫去，反复叮嘱：办公桌椅是自家要用的，捐赠的课桌椅不但要孩子们用，还要上电视，总之物必须美，价也必须廉。两手抓，两手都要硬。子冬领命之后带着唯一一名属下在市里规模最大的家私市场连跑了两天，总是一手软，一手硬，和老总的要求有相当的距离。到了第三天，她们又去转，一进门子冬就建议兵分两路，提高效率，有什么情况再及时沟通。

因为鞋子不适，走了一会儿，子冬就倦了，前面是成美公司的场子，她坐到沙发上休息。成美家私在本地颇有名气，据说提供技术支持的是新加坡洋美家私国际集团有限公司，总部是香港高美家私国际集团有限公司，制造商是省城中美家私集团有限公司，厂址则落实到本市郊区二十里铺成美家私有限公司。从云彩眼到玉米根儿，外面的名头本地的货，典型的杂种，是让人不屑的伎俩，然而同时也因为距离亲近而更易让人信任。连着打了两天嘴官司，当班的小姐一眼就认出了子冬，抿嘴一笑，端过一杯热茶。子冬边喝茶边想着一会儿怎么再和她磕，忽然有一个男人从她面前走过，边走并用浓重的乡音朝小姐吆喝道："来个水！"子冬不由得看着他。他中等身材，皮肤黄黑，有点儿接近于土地的颜色，散发着厚实的光泽，一看就不是作秀晒出来的，是经得起时间考验的色泽。炎炎的夏季，这男人穿了一件最普通的老头棉衫，表情平稳，步态健壮，两个短袖撸到腋下，露出浓浓的黑色丛林。子冬正那么毫无顾忌地看着，那男人似乎意识到了子冬的目光，回头看了子冬一眼，又一眼。

那个男人，就是老成。成美公司的老总。因那两眼，这桩生意自然就在成美公司做妥，是按照子冬的意思给的价，子冬由此得到了老总的表扬，得意了一小把。不过后来也暗暗算过一笔账：老成几乎是亏本和公司做了这桩生意，不过是为了赢得她的欢心。她为公司如此奉献，这没有名分的额外付出却是让她有些委屈的。尽管说到底这付出不过是她自己的一件私事，和工作扯不上本质的纠缠。

自打认识老成，子冬就没有听人叫过他的名字。她第一次张口叫他，也是老成。后来两人在床上时，老成向子冬痛诉革命家史，说自己从小学时就被人称作老成，似乎从来没有年轻过。他老家在洛阳伊川县的深山区，是家中长子，因为家境清贫，高中没毕业就辍学到镇上跟一名老木匠学手艺，由于文化底子好，脑子又活络，他很快就出了师，成了方圆几十里有名的木匠。凭着这身本事，他在给一户人家的姑娘打嫁妆时把那姑娘却拐了去。私奔的过程中，他们贫困交加。妻子还在生孩子的时候难产，差点儿死去。好歹保住了大小两条命，却失去了生育能力。女儿两岁的时候，他带着老婆孩子到岳丈家谢罪。面对这熟得不能再熟的一大碗饭，岳父岳母也只好伸伸脖子，直咽下去。然后他经人介绍来到县城一家家具厂打工，很快熟悉了全部套路，几年过去，他手头小有积蓄，趁着时机贷了一笔款，买下了市里一家倒闭的小家具厂，成立了自己的家具公司，转眼便有了自己的品牌和收益。后来经高人指点，他崎崎岖岖地逐层染上了新加坡香港和省城的霓彩，就把自己的皮儿装大到了现在。

敲定生意的第二天，老成请子冬吃饭。因为两人都有了拐拐弯弯的神思，这饭就吃得既细密又悠缓，既紧张又沉闷。饭局快结束的时候，老成很突兀地用方言描述了子冬看他的第一眼。

"那眼神儿，是开花儿的。"

子冬问他开花儿是什么意思，他笨拙地笑着，说自己没有能力进行更详尽的解释。如果一定要解释，那就只能用一个粗字：浪。

子冬愤怒，据理力争。话越说越多，于是又去喝茶，茶越喝越淡，拐拐弯弯的神思却越喝越浓。坐到深夜，子冬终于先顶不住，想要先撤一步，便问老成："我想要回家睡了，你呢?"

老成突然纵声大笑，他说子冬这话说得比看他那第一眼还要开花儿。

"我想要回家睡了你呢。"他反复篡改着子冬的语气，脸上的笑容如同春天的土地绽放的绚烂油菜花。子冬被他羞得说不出话来，只好手足并用撒娇般地打。老城作势阻挡，顺理成章地就把子冬抱进了怀里，用土得让子冬心酥的普通话轻声道："妹子，我待见你。"

他们的进度快得像一道闪电。躺在老成怀里的子冬最初也以为老成就是一道闪电。她没想到的是，这次闪电之后会是一场漫漫的黄梅雨。记得哪本书上讲过，爱不是让一个人紧张，就是让一个人放肆。这话在子冬身上应了验。在老成面前，子冬的状态愈来愈好。好的程度就是放肆的程度。放肆的程度就是爱的程度。她从未在一个男人面前如此放肆。就像从没有一个男人能让她这样爱——或许就是因为知道无结果，才会如此放肆。如同那种仅供观赏的碧桃花，因为不打算要结果，就开得格外绚丽和肥大。

让子冬着迷的不仅是自己在老成面前的放肆，还有老成在自己面前的放肆。老成在她面前放肆的时候，比她还小，还娇，还泼顽可爱，与他土地般的肤色极不相称，却也不乏一种奇异的和谐。有了老成，子冬才知道，只要爱了，所有的缺点都不在话下。比如他深度的黄牙，比如他响亮的呼噜，比如他满口的蒜味儿，比如他不能更改的农民式的小心眼儿和大男子主义，比如他会因和别人斗气而连买两部最新款的昂贵手机，也会因为贪便宜而在地摊上买一打裤头。这些特征和他的方言以及笑容混合在一起成为一片厚实的新鲜的土。在这片土面前，子冬觉得自己也成了土，是更深的土。

　　直到那一天，知道自己的土里已经撒下了老成的种子，子冬才愣了愣，开始警醒。她想起不久前的一次欢爱，因为算起来是安全期，她没有让老成戴避孕套。他要子冬把枕头放在身下，垫得高高的。完事了才告诉她：刚才在路上，他碰上了一个算命先生，那个算命先生说过正和他好的这个女人能给他生个儿子。

　　"妹子，肯给哥生个儿子么？"他用嘴巴里的哈气挠着子冬的耳朵。

　　"正和你好的女人？这话什么意思？我是其中之一？你是不是从前和别人好过，将来还准备跟别人好？"子冬故意绷着脸找他的茬。

　　"说正经的妹子，给哥生个儿子吧。"老成把子冬的脑袋放在腋窝处。子冬闻见一股浓浓的汗气。这是正长庄稼的土地的汗气。这是男人的汗气。

"妹子怎么给哥生儿子？我不乱伦。"子冬翻出他的怀抱，笑着把话岔开了。他不能承诺给她婚姻，却想要她给他生个孩子，这怎么可能？他抛弃不了受苦受难的原配夫人，她也决不能做低伏小同时让孩子不见天日——有多少类似的俗滥故事啊。

她当即决定做掉这个孩子。想了想，自己似乎也有告知老成的义务，便给老成打了手机，他关机。子冬又给他发了短信，他也没有回。一夜等候之后，子冬早晨径自去了医院。手术时的剧痛让她又委屈又自豪：自己主动做掉总比他让自己做掉更有尊严些。

两天之后的下午，老成欣喜若狂地出现在她面前，一见面就抱住子冬，把手贴在她的肚子上。子冬把他的手挪开了。

"做了。"子冬说。

明白过来的老成当即狠狠地打了子冬一个耳光。子冬反手就还了他两个——她后来才知道，那两天老成在一个深山林场看木材，手机没有信号。

冷静下来之后，老成向子冬道歉，说自己心疼子冬也心疼孩子，那个耳光其实是在打着自己的心。子冬用眼睛锥子般地剜着老成的脸，想从中看出假大方的痕迹，却发现那脸上溢出的是真实的痛。想到这个男人居然有如此承担的力量和勇气，便觉得自己不枉爱了这一场。到了这一步，更该见好就收，给他，给自己，也是给那个糟糠之妻台阶下，于是柔声道："你能这样，我很感动。可是我不想再和你纠缠不清。我想有完全属于自己的生活。"子冬起身，飘然而去。心是凡尘的重，姿态却是仙女的轻。她知道自己只能这么轻。她怕自己这一刻不轻，以后就永远也轻不了了。

第二天子冬便辞了工作，从城东跳槽到了城西，手机号也换了，两人再也没有见过面。她用这样决绝的方式命令自己戒掉老成。时间一长，想老成的毛病果然也就淡了。不过，还是留下了后遗症——之后的她似乎不再会谈恋爱了。老成就像一串刺激性过强的辣椒，仿佛使她面对以后的恋爱餐都失去了胃口。

"一个乡巴佬，有什么好的。值得你这么惦着？"子夏对子冬的这场情事很是不屑。

"或许就是因为他是个乡巴佬吧。"子冬顿了一顿，道，"因为我也做过六年乡巴佬。就是现在，也还常常觉得自己是个乡巴佬。"

2

"吃菜要吃素，穿衣要穿布，锻炼要走路，当官要当副。"这首民谣中的前三条快乐标准子秋已经都实践了。现在她每天步行上下班，这有点儿累，不过累得很舒服。子秋是在离婚之后开始这项活动的。从单位到家一共是七站路，每站路步行五分钟，再加上上下楼，刚好四十分钟。她曾在一本医学杂志上看到过，每天坚持步行四十分钟两周时间便可以减肥一公斤，要是这么计算，子秋坚持半年了，现在应该只有九十斤。可事实上，子秋一斤也没有减掉。子秋知道不应当这么算，公式是简单的，很多事情都不能用公式去算。

是个小小的四合院。确实很老了，据说至少有三十年的历史。这一片都是这样的房子，三十年前，这样的房子和它们最原始的主人一样在这个城市鹤立鸡群，但现在，在这个商品房林立的繁华地带，它们有点儿像一群灰扑扑的乡下老人。不过子秋却很喜欢这样的小院，觉得它老得亲切踏实，还有一种不能言说的骄傲和尊贵。即使把它们比喻成乡下老人，它们的身份也该是那种衣衫庄重的士绅。

应酬完一个饭局回到家里，子夏已经回来了。子夏拿有她的钥匙——一旦无法忍受家里的高压气氛时，子夏就会央她向父母请假，来这里住一晚。不过今天是周二，子夏说是值夜班，顺路来看看她。子夏在本市规模最大的帝湖房地产公司做宣传企划。这两年她正在加紧学习，已经连续两年都参加了全国的资产评估师考试，据说这是未来最有前途的职业之一，十几门科目过了大半，再有一年就可以拿到证。姊妹二人性情迥异：一个清凉，一个火辣。一个是收，一个是放。一个刻板，一个风情。总之，一个是过于靠谱，一个则常常不着调。而子冬则正好在她们两人中间，是中庸的颜色，也是过渡的颜色。或许是因为年龄的关系，平日里子冬和子夏聊得更多些，来找子秋，多半是来撒撒娇，倾诉倾诉。子秋什么反应不重要，自己说才是最重要的。

果然，子夏一见子秋就开始喋喋不休，一一历数家里发生的最新事件：刘姨又给子冬介绍了什么人，子冬什么态度，父母什么态度，嫂子如何娇气，子春如何护着媳妇……又问子秋最近有没有被追，子秋说没有。她不甘心，继续追问子秋有没有看上什么人，子秋骂她小八婆，子夏道："是不是还想着谢英？曾经沧海难为水？"子秋说不是。子夏道："就是，散了就散了，千万别为一个男人去念叨什么曾经沧海。要是碰见一个男人就是一个沧海，我早出晚归，整天出海，早就算是老海员了。"

子秋敲了一下子夏的脑袋，忍不住又笑起来。聊了一会儿，子夏告辞，子秋忽然想起包里的每日棉护垫用完了，得去买，就拿上钥匙，准备和子夏一起出门。出门后才发现，自己还穿着睡衣。

"别换了，睡衣也是衣啊。"子夏说。

"人家会笑我是个梦游症患者。"子秋说，终是没有换。睡衣虽然拖沓，却比任何衣服都要舒服。这是不争的事实。如果有人鼓励，再拖沓的事情似乎也可以做得有勇气一些。

街上已经有些寂寥了。树荫很厚，浓浓地遮着路灯的光。阴影一叠叠地打下来，像骇然的黑色剪影。两个人披头散发，拖着长长的腿，哧啦，哧啦。

"你用的每日棉是什么牌子？"

"娇爽，舒莱，安尔乐，什么都用。"

"我只用护舒宝。"子夏说这话的神态很决然，子秋忍不住又想笑。我只用某某牌子，这是现在许多女孩子的宣言，子秋觉得没什么意义。只要用着合适就行了，牌子真的那么重要么？不过子秋也没有驳斥子夏。任何人都可以有自己的态度，就像她有自己的态度一样。一般情况下，她都习惯于隐蔽自己的态度。

前面是一家"欢欢"夫妻保健品专营店。其实子秋每天上班都要路过，却从不曾进去。看着那里门庭冷落，似乎也总是没人进去似的，但据说利润高得吓人。子秋一直有好奇心想进去看看，可总是有些怯，不好意思。倒曾经听谢英讲过一句半句，说那里面的东西和真的像极了。到底怎样像呢？她往门里看了一眼，一个男人正百无聊赖地坐在柜台里面看电视。子夏也往里面看了一眼。

"你进去过么？"子夏问。

"没有。"子秋说。

"进去看看。"子夏说着就进去了，子秋犹豫了一下，跟了进去。她们短短地站了一站，子秋飞快地溜了一眼，觉得自己的眼神就像在跳芭蕾，在墙上的一打黑色的塑料袋子上做一个大踢腿，再在顶层柜台里"神枪手""霸王花""知心爱人"上做一个深蹲，又在中层柜台上一个"欢乐颂"字样的男性器具边做了个紧凑的追赶步，她就转身走了出去，子夏也随后跟了出来。出来后就忍不住咻咻地笑。

"做得还真像。就是有些太夸张了。"

直爽和无耻有时候是不容易分清界限的。对于子夏这样没心没肺的评论，子秋不知道自己该如何应答。似乎她应该更大方一些，毕竟她是结过婚的，而子夏没有。可她就是无法开口。拥有经验有时候是让人羞耻的。

两个人走在街上，一瞬间都没有话说。那些东西在身后晃荡着，追着她们的脚。子秋注意到，自始至终，那个售货员都没有看她们一眼。凭这一点，这里的生意就应该很好。子秋想。

"你最近有男朋友么?"子秋终于问。她知道子夏经常和一些男孩子来往，那些男孩子都不重复，就是这事前一段时间让父亲大光其火。子冬和子秋曾评价子夏永远处于恋爱进行时，是长年漏水的自来水管道，一不留神就会让水崩到地面上，漫得哪儿都是，因此量大必定质低。子夏道:我宁可质低也不想让水管锈掉。不过，姊妹三个虽然在情爱上的志趣不同，一遇事却也还能相谋。尤其是子夏和子冬，吵尽管经常吵，几天出差不见也会想得厉害。子夏对子秋说她喜欢子冬的语言施虐，子秋问:方话不入圆耳朵，这种软暴力你也喜欢?受虐狂啊。子夏道:她暴得准，暴得狠，暴得真。所以，我爽。

"要说有，多着呢。要说没有，也没有。"子夏说，"不知道算是有还是没有。"

"这算什么回答。"

"真实的回答。"子夏说，"一个女孩子，就是再次，也总有男人会看上眼，也总会看上一两眼男人。可现在的男人好像都一个德行，见两次面儿就想把你哄上床。长久不了。自己沉不住气儿，也看不出别人的耐性。"

"上过了?"子秋笑，带着点儿不经意的顽皮。她一般不这么打听别人的隐私。不过子夏是她的妹妹，不是别人。而且，她知道这对此刻的子夏是一个不会被拒绝的隐私。

"和几个上过。都一般般，没什么特别的感觉。"子夏说。

尽管有心理准备，子秋还是有些惊讶。和几个。子夏说得如此轻描淡写。到底和几个？和每个人上床时是什么样子？什么才是特别的感受？她无法想象。

"子秋，是不是觉得我很轻浮？"子夏从来就不叫子秋和子冬姐姐。她说直呼其名才够亲切。

"没有。"子秋说。能这么问出来她就觉得子夏不是个轻浮的人。但话说回来，若换了她，她不会这么做。

"有时候，总得试试才知道。"子夏说。

"你不怕将来的老公在乎么？"

"我又不是疯子，告诉他干吗。"

"可这是躲不过去的。"

"我干吗非得找那些躲不过去的人当老公？"子夏得意地笑。子秋不由得也笑了。不知怎的，她觉得子夏很可爱。

"其实，"子夏道，"同事里倒有一个人对我有点儿意思。"

"未婚的？"子秋说。

"是。"子夏道，"可我一看就知道和我一样，是个玩惯的。若要是玩，兔子不吃窝边草。我懒得去张嘴。"

"是该谨慎。"

"和谨慎没关系。只是觉得抬头不见低头见的，有了瓜葛就多了别扭。这年头，工作比情人重要。"

子秋沉默。她和子夏就是这样，说着说着就会无话可说。如两条小路，越岔越远。

"子秋，你说他们卖的那些东西，有谁会用啊。那些用的人又是怎么想的？要是有需要，随便找个差不多的人，不都比那些假东西强么？"

子秋仍旧沉默。

"不过，再想想，这么做似乎也有好处。没有那么多麻烦事，情啊，爱啊，家庭啊，社会影响啊，统统都不用管，一个小玩意儿就都解决了，多单纯。"子夏朝空气打了个榧子，"回头买一个！"

子秋微笑着，始终沉默。有那么一瞬间，她们一起看了看天。天色很重，似乎是要下雨了。

3

这是一个周五的早晨。周五虽然还需要工作，但因为是周末的前奏和热身，给人的感觉似乎已经是周末的一部分。早上醒来，子冬先朝子夏的床上看看，子夏还在睡。这两天，不知怎的，子夏的话有些少。

她拿过镜子照了照。现在，子冬只在早上照镜子。睡了一夜，早上的皮肤状态是最好的，如同干洗店里刚刚取出的西服。可再平整的西服穿到中午就会起褶子。报上说，不结婚并不意味着可以延缓衰老。无数权威专家分析，美满的夫妻生活反而能增强雌激素分泌，从而让女人的青春久驻。子冬朝自己摇了摇头：看来，仅从这个角度就该结婚呢，只当开了家自产自销的美容院——现在，子冬已经从各个角度开始说服自己朝结婚努力了。周末是她相亲的集中日。明后两天的日程已经排满，周六两个，周日两个。而在昨晚，她刚刚还见过一个。

现在，她选择结婚对象的方式似乎也只有最传统的相亲。

可相亲给她的感觉似乎就是在照哈哈镜。不是比原形高，就是比原形低，不是比原形胖，就是比原形瘦，没个准头儿。好不容易看着外形差不多的，内核不知道又错位了多少。以至于到后来，子冬觉得，每次相亲都是在进行一次探险旅行，不知道前面是什么，也不知道会走到哪里去——可以肯定的是，有的地儿是朝鲜，有的地儿是越南，有的地儿是非洲丛林，有的地儿是撒哈拉沙漠，就是没有新加坡的绚丽阳光和加拿大的茵茵草场。

子冬朝自己笑笑，打起精神起床。收拾完毕，吃过早饭，准备出门的时候，母亲终于忍不住了。

"昨天那个，怎样？"

"不行。"子冬说。

来到公司，子冬努力找了一大堆事来打发自己。好不容易熬到了中午，便到"阳光香厨"吃套餐。这是公司定点的午餐，离公司也就五十米远，很方便，味道也不错。同栋楼的几家公司也都在这里订餐。子冬去晚了些，还有一张台，已经坐了三个人，只剩下一个位子。子冬端了餐盘过去坐下，才发现这三个人都没有吃饭。两男一女。其中一个是认识的，叫耿建，在隔壁写字楼的一家文化用品公司供职，也在行政科工作。中等个子，平板头，浓眉，方脸，蓝衬衣，灰毛坎儿，是最普通的一个男人。因为吃饭，免不了常常见面，彼此都知道，但没说过话。她朝耿建点点头，埋头吃饭。在叫茶水的时候顺便瞄了另外两个男女一眼。男的有五十岁的样子，穿着警服，眉眼和耿建酷肖。女的看起来三十岁左右，戴着眼镜，穿着白色西式套装，坐得笔直，神情拘谨。子冬刚扒了两口饭，三个人便起身了，片刻，耿建也端着餐盘过来，坐在了子冬对面。两人一笑，埋头吃饭。

今天中午是常吃的四个菜：面拖小黄鱼、尖椒回锅肉、排骨烧海带、素炒莜麦菜。面拖小黄鱼有点儿咸，每人四条，子冬吃了一条就放弃了。吃完了回锅肉就开始进攻莜麦菜。电视里正在播娱乐新闻，出现在屏幕上的是著名的乌鸦嘴宋祖德。他说他最适合演贾宝玉。他的大暴牙在银幕上一闪一闪，子冬忍不住想起昨天相亲的男人。他是个语文老师。他们在刘姨家见了面，寒暄几句，刘姨出去，子冬瞄了一眼那位老师的大暴牙，就开始看电视。电视里正演着一个清朝题材的电视剧，庄妃和多尔衮的事儿。英雄美女，郎情妾意。子冬和老师的对话程序基本是老师问一句，子冬答一句。老师问过五六句话后，子冬也回问一句。屏幕上，庄妃和多尔衮拥抱在一起，忧伤又凄艳。当子冬问那老师年龄多大的时候，那老师突然站起来，横眉立目：你已经是第三次问我这个问题了。子冬愣了一下，失笑。老师很有风度地拂袖而去，同时甩下两个字：有病。

想起那老师的样子，子冬不由得又笑起来。脑海里闪现出以前相过的若干次亲。回忆中的子冬持续地笑着。笑得很浅，且有些弥漫。耿建抬头，看见她的笑，不由一怔，道："你笑什么？"子冬愕然道："我没笑。"耿建又道："不喜欢？"子冬惊讶道："什么？"耿建指指她餐盘里的鱼。剩下的三条小黄鱼很挺拔地在餐盘里卧着，一副不屈不挠的样子。子冬笑笑，道："盐有点儿重。"耿建道："我觉得还好。"子冬一下子笑出来，道："想吃就直说。"耿建已经伸来了筷子，道："多谢救济。听说你也在行政科？同行啊。"

子冬点头。问道："刚才那位警察叔叔是你爸？长得真一样。"耿建笑道："警察叔叔么，就是叔叔。"子冬得意道："反正是一个系统的。我猜得八九不离十。"耿建笑道："要是猜中了另一个才算你有本事。"子冬脑子里打了一个弯，想起了自己相亲的事来，道："是你叔叔给你介绍的对象？"耿建瞪大眼睛，放下筷子，道："你还真可以啊。"子冬一下子笑出了声。想要继续问问耿建相亲的感受，却又觉得有些唐突，便不再说话。两人一瞬间沉默下来，耿建拎起了筷子，继续吃饭。

正午的阳光透过明亮的玻璃窗洒进来，裹住子冬的身体。饭店的阳光也带着饭店的油气，黏黏的，是绞缠不清的，然而也是温润的、家常的，是想让人就地小眠的那种气息。耿建几乎是两口就吃一条鱼，子冬看得目瞪口呆。"小心鱼刺。"她说。"没关系，鱼刺怕我。"耿建笑道。埋头继续。子冬失神地看着他吃饭的样子，这种豪迈和粗犷无疑是男人才会有的。男人。男人。为什么一定要有个男人来跟自己结婚呢？要是不结婚又能怎么样呢？

饭毕喝茶，茶壶已经干了。服务员忙不过来，耿建就从总台要了一个暖壶，往茶壶里续热水。不料倒水的时候，被临桌的人蹭了一下，胳膊一晃，水就在桌面上开了花，湿了子冬的手。耿建连忙又要湿巾又用纸巾，手忙脚乱了一阵。看看时间还早，耿建干脆说赔罪请喝咖啡。不远处就有一家"上岛"。在去"上岛"的路上，耿建到底忍不住小黄鱼的咸，买了两小瓶"娃哈哈"锐舞派对矿泉水,给了子冬一瓶,自己开了一瓶。刚喝了两口,迎面过来一个捡废品的老人,拎着一只脏兮兮的蛇皮袋。子冬皱皱眉,下意识地往一边靠,却见耿建咕咚咕咚几口就把水喝净,远远地就示意老人,老人张开袋子,耿建利落地投了进去。

在"上岛"找了个靠窗的秋千座,两人边喝边聊。耿建问子冬:上周在梅街街角看见她领着一个小女孩子玩,那是她的孩子吗?子冬说是朋友的孩子,又说自己还没有结婚,又佯怒道:"难道我像是结过婚生过孩子的?"耿建连说不像不像。然而子冬的委屈已经是长江后浪推前浪,前浪压在了沙滩上,急切需要一个出口。于是,对着耿建,她突然泪落如雨。

耿建又是一番手忙脚乱。然后叹气,开始讲自己的事。说都知道结婚有结婚的苦,谁知道没结婚也有没结婚的难呢?又说自己老家在离城四五十里的农村,父亲是村医疗点的医生,受人敬重,在村里也是一户殷实人家。上面一个姐姐,下面一个妹妹,姊妹三个还就他学习好,是一家人的心尖子。姐姐孩子都上小学了,妹妹二十五岁,在乡下已经是十足的老姑娘,几年前就订了婚,男方串亲戚早都已经串得不耐烦,单等着他。他要妹妹先结,二老死活不同意,说大麦不熟小麦熟,不是正理。眼看着他一年两年还晃荡着,二老都着了急。他又拿自己没房子不好找推托,二老一上劲儿,去年花光了全部的家底,给他在新开发的河适花园付了首期,买了一套两居室,命令他今年无论如何得娶个媳妇回家。这下他再也没有了借口,只好四处撒网。捕鱼的主要方式也还是相亲。他描述说那些相

36

过亲的姑娘有的像纪检书记，一见面就问他薪水多少，有没有灰色收入。有的像售楼小姐，一见面就问他房子多大，地段如何，用什么方式付款。还有一位更可怕，开始什么都没提，后来才知道她该去当情报员，早已经把他城里连带乡下的资产状况都打听好了。他叔叔是市公安局的刑侦处处长，工作忙得要命，但因为被父亲布置了作业，也只好时不时地给他介绍一个走走过场。今天这个女孩子是肯定不行的，不过有这么一笔之后，他和叔叔都好向父亲交代。

"你多大？"

"三十二。"

"我三十一。"

"小我一岁呢。优势比我大。"

子冬苦笑。耿建的话显然是安慰。都知道不是那么回事儿。男人和女人的年龄质量没有可比性。男人的三十二就是三十二，结结实实，不含水分。想要找二十多岁的女孩子毫无问题。而女人的年龄越大，似乎就越虚。三十一给人的感觉可能就是三十五，三十五给人的感觉很可能就是四十。要找人在年龄上也只能往更大里找。想要找个比自己大一两岁的都已经几乎不可能。

"不想凑合，是吗？"她问。

"我想，谁都不会想凑合。"耿建说，"关键是看能不能顶住压力坚持到底。"

子冬沉默。想起那天在酒吧里子夏劝自己先随便找个人暂且过日子的话，脸上的神情一片空茫，似乎已经飘到了很远很远的地方。

"昨天在网上看域外新闻，说日本正流行一种生活互助组，"沉默片刻，耿建又道，"就是男人和女人住在一起，发挥各自特长，在生活上互相补充。挺有意思的。要是谁愿意和我成立一个互助组就好了。没爱情也可以先结婚，了了家人的心事，再各自慢慢找。哎，你说，这是不是可以称之为结婚互助组啊……"耿建的喃喃诉说中，子冬的目光逐渐收拢回来，定格在耿建脸上。在子冬的视线里，耿建疑惑地摸了摸自己的脸。

子冬意识过来，把脸朝向窗外。她从来没在意过：窗外居然有一棵杨树。现在，城市里都是歪歪扭扭的垂杨柳和枝杈横逸的矮梧桐。已经很少见到杨树了，这高大的、笔直的落叶乔木。

"如果你不嫌弃的话，"子冬平静道，"我愿意。"

"什么?"耿建有些蒙。

"结婚互助组。"

子冬的神情不像是开玩笑，耿建怔住。许久道："当真?"

子冬开始讲述。讲着讲着，子冬自己也觉得奇怪。不过是子夏的一个荒唐建议，加上耿建随口的一句话，撒到她这里的一瞬间就破土而出发芽开花，讲出来居然还就成丝打缕，有章有法，成熟缜密，如同自己列惯了的存货清单——也许，自己也算是存货的一种吧！现在，天时地利人和，到了该出仓的时候。而耿建的表情由困惑，到意外，再到惊奇，直到双眸闪亮。

"你不觉得，你这么信任我，"他看着子冬，"有点冒险么？"

"信任是双方的，"子冬接得很快，"冒险也是双方的。很公平。"

"还是，再想想吧。"耿建说。

"你是不是觉得我长得丑？"子冬说。这是小女孩子们任性的撒娇的话，在耿建面前说出来，却是那么自然。当然，也是有些委屈的。

耿建笑起来。

"哪里话。"他道，"我只是觉得这事儿挺大的，你还是再想想。"

"是不是你自己得再想想啊？"

"我们都再想想。"耿建道，"今天周五，周一见面再做决定。好吗？"

子冬点头。这两天，相相亲，再向同事们打听打听耿建，也好。

第三章

1

这一段时间雨很多。是淅淅沥沥的小雨。很晚子秋才打着伞走路回到家。她走得很慢，几乎是一脚一脚地踩着浅浅的雨光。下班之后，她一个人在办公室里呆坐了很久。说起来好笑，也没什么事，就是想听雨。然而她知道，这种缘由却是不能对外人说的。她走出单位大门的时候，传达室的值班员殷勤地问她："宁处长加班呢？"她端谨地微微一笑，应道："是。"

和听雨一样，还有一些事情的缘由是不能对外人说的。比如离婚之后单身生活的惬意。真的，离婚之后，孤单尽管孤单，寂寥尽管寂寥，一个人的日子过下来，她的确常常感觉到一种发自心底的惬意。已经结过了一次婚，证明自己并非没能力嫁出去。离婚又不是自己的错，证明自己德无瑕疵。离婚的女人再找需得慎重再慎重，以免再次遇人不淑，因此尽可以去晃悠。且又不在娘家住，谁的眼也碍不着，偶尔回去一次，只报喜不报忧，全都应酬到，仍像出嫁的女儿回娘家探亲——只不过娶她的是自己，她嫁的也是自己。家里的压力解决了，外人谁去多管闲事？这种状态蛮好。相比之下，她非常同情和理解子冬的处境，可同情归同情，理解归理解，说到底儿也是爱莫能助。

她打开电视，找到都市频道。今天周五，《心夜相约》里有百智。她也喜欢看百智。正打热线的是一个女人，说丈夫嫖了娼，被她发现了。她和丈夫吵，丈夫教育她说，如今的社会风气不好，到处都是这样的陷阱，他也是身不由己。他当然还深深地爱着她。嫖娼的时候，他和那小姐做是不带感情的，只是身体去外面旅游了一次。总而言之，她应该原谅他。

女人问百智：要不要原谅他？

你觉得他说的有道理吗？

好像……有那么一些道理。

你穿着高跟鞋么？百智问。

穿着呢。女人很纳闷。

那我告诉你，他说这话的时候，你要脱下高跟鞋，用鞋底儿朝他脸上使劲儿扇几下！有道理？有个屁道理！社会风气为什么不好？还不就是因为他们这些没有一点儿控制力的渣滓们给败坏的！他说他爱你，他在那小姐，不，妓女身上做贡献的时候想过爱你吗？他说只让身体去旅游，身体难道不是感情的一部分？旅游，旅游，你也去旅游一次试试，看他会不会那么好商量?！你原谅他，怎么原谅？他要是经常出去旅游，给你带些梅毒尖锐湿疣艾滋病之类的纪念品你是不是也准备照单全收?！离婚，和他离婚！

子秋摇摇头，淡淡一笑。百智的立场常常是有些单一和极端的。但或许是他看得太多的缘故，从偶然里总结出了必然。他之所以粗暴，是因为许多的事情的真相比他更粗暴。

他说……他以后再也不会了……

是，他肯定会这么说的。他要不这么说能骗过你这个没脑子的傻瓜吗？你要是原谅就原谅吧！冒着梅毒尖锐湿疣和艾滋病的风险去原谅他吧！我的意见已经谈过了。祝你好运。百智挂断电话，苦笑着自言自语：唉，妇女解放，妇女解放，妇女们到什么时候才能真正解放？这些妇女啊……

在百智的唠叨声中，子秋戴上发卡，把额前的头发箍了起来，准备洗脸。洗面奶的牌子是欧莱雅的，一个月前，谢英送的。

三年前那个暧昧的秋天，子秋和谢英离了婚。他们离婚的原因也是嫖娼。

那时谢英已经调到了审计局，任副局长。审计局掌握着审计各单位账目的生杀大权，威风，气足，名头儿压人，金字招牌，即使是小喽啰们也能得到许多隐性的实惠。别的不说，一年四季的衣服鞋子都是人送，鳄鱼、华伦天奴和皮尔·卡丹在办公室天天扎堆儿，挂起来就是精品一条街。只是不成文的规矩倒也有一个：再好的东西也没人咋咋呼呼，更没人问价儿，谁心里都像办公室的那面镜子，照的年头儿越长照着越结实。有人曾说审计局是老鼠拍子，意思是虽然专逮老鼠却吃不着肉，可也有人当即反驳说：老鼠从拍子下面过，不留点皮毛能过得去么？

留点儿皮毛就能煮腥汤，谢英自然就没少喝这腥汤。那一晚他回到家后，已经十一点多了。子秋还没睡。谢英不回家她就睡不着，倒不是多惦着，而是他回来弄出的动静让她不得不再醒过来，那感觉别提多难受了。所以干脆就泡着肥皂剧等他。

"又喝酒了？"子秋看看表。

"可不是。"

"和谁？"

"上个月审计了环保局的账，今天他们局长请客。没办法，王局长一定要我去的。"王局长是正局长，谢英的顶头上司。有顶头上司压着一起去喝酒，一般都会被老婆原谅，而且碍于情面事后肯定不好意思对嘴。子秋本来毫不在意，但是谢英最后的一句话让她疑窦丛生。她看着谢英的脸，结婚之后谢英的身材明显有些发福了，脸盘也随之水涨船高。因为是油性皮肤，还常常出些青春痘。他喜欢让子秋给他摸这些痘，开玩笑说这些痘就像别人的女人，隔着手就显稀罕。当他换好睡衣在子秋身边躺下时，撒娇地示意了一下自己的渴求。但是子秋没有动。

"快，异性按摩，一分钟十块钱。"谢英说。一边去拉子秋的手，子秋躲开了。

"在哪个饭店吃这么久？"子秋说。

"竹林酒家。十点多散了，又唱了会儿歌。"这是新开的一家饭店，外面确实煞有介事地种了许多竹子。这些拙劣的花样屡试不爽，在开业之初都能引来大量的食客。

"没干点儿别的？"

"你还想让我干什么？"谢英笑。

"王局也去了吧？"

"当然去了。"

"他唱歌怎么样？"

"低音像猫叫，高音像狼嚎，不高不低像犬吠，但是掌声如潮。"谢英的心态开始放松。可是他的幽默在子秋眼里已经是猫面长成了虎脸，越来越狰狞。她确定了谢英的撒谎。子秋扶了扶靠枕，微微地坐远了一些。在下班的路上她刚巧碰到了王局长的爱人，两人聊了几句，她告诉子秋今天是他们结婚二十周年，要丈夫推掉所有的应酬，好好地庆祝庆祝。一个庆祝结婚二十周年的女人是不会刻意骗她的，那么王局长很可能就没有去。王局是靠老婆起家的，老婆在家里的地位众所周知。他曾经因为喝多了酒而被老婆打得沿着家属院跑了十几个溜圈儿。当然也不是没有可能去，但如果说王局去吃饭的可能性只有百分之十的话，那么把老婆放在家里还有心思去唱歌的可能性只有负百分之十。这样另一个问题就派生出来了：谢英为什么这么晚回家？或者说为什么撒谎？

"说吧。"子秋裹紧了睡衣，冷冷地说。她一口咬定他谎言的背后站立着一个女人。看着子秋冰山一样的脸，以查账为本职工作的谢英感觉到自己就像刚刚起程不久的泰坦尼克号一样，薄脆的胸腔正在四处进水。他蓦然认识到那些整天做假账的人有着多么让他敬佩的坚强，自己在假账中浮沉了那么久，想着总该练就了一招半式，没想到会这么不堪一击。他立马决定实行自己常说的那句话：坦白从宽。于是他三言两语就对子

44

秋和盘托出。做假账是累人的，而一个漏洞百出的假账更累人。与其让她误以为有一个麻烦啰唆的情人，也许还不如承认是嫖了一次娼。毕竟，嫖娼只是一次偶然性的支出，而情人则是一种长期的损耗。相比之下，前者更有可能让她原谅。

"真的就是想刮个脸，谁知道三弄两弄就被她们弄进去了。我看不好，要走，她们说我要是走就要喊人。"

"她们？几个？"

"一个，只是一个。另一个看风。"

"只是？心里挺遗憾的是不是？还想着二龙戏珠吧？"

"胡说什么。"

"胡说不如你胡做。"

"你到底想怎么着？"谢英恐惧这样的谈话。

"你都这么着了我能怎么着？"子秋说，又回到主题上，"你说怕她们喊，她们会怎么喊？"

"不知道。肯定不会有什么好果子。喊来了人，就什么也说不清了，不做也会以为我做了。"

"所以不如做了，再回家来蒙我。蒙得过就蒙，蒙不过就算。反正是夫妻，我不能也不敢把你怎么样。"

"子秋。"

"你以为她们真会喊么？"

"我不知道。但就是她们的威胁，我也怕。"

"不是怕，是喜欢。因为她们的威胁正好可以成为你寻欢作乐的借口，你不配合这事儿她们做得了吗？"

"子秋，我们结婚三年了，你一点都不了解我么？不要把我当成敌人，好不好？"

"如果我也去外面嫖一次鸭子，你还能这么说么？"

"我也没想到会这样，我也是受害者。你以为我喜欢那些肮脏的鸡么？"谢英道。越说他的神情越萎靡。他把头窝搭在被子上，看起来懊丧极了。

"所以我觉得奇怪。"子秋说，"这还不如你有个情人更让我高兴些。"

他们就在这样的唇枪舌剑中大战了几个回合，枕头像飞机一样升过空，茶杯像炮弹一样落过地，玻璃渣子像地雷，卫生间也当过碉堡，有激战，有冷战，也有免战的安静瞬间，但子秋的主阵地谢英还是没能攻克。最终他们还是离了婚。房子是谢英的，子秋租房子出去另住。有人问子秋为什么离婚，子秋用一句最寻常的话来回答他："感情破裂。"

"破裂？两口子天天煨着一盆火，谁不裂呀？糊巴糊巴还用着的多呢。"民政局办手续的那个女人说。

"我这人比较懒，不想糊巴了。"子秋笑着说。

"子秋，我只爱你。只要你不再婚，我还会一直等你原谅的。"最后一个夜晚，谢英说，"你什么都好，要是再宽容些就更好了。你会知道，宽容才是生活的真谛。"

子秋淡淡一笑。是的，在这件事上，她是不够宽容。可她知道自己的不宽容不是因为不懂，而是不想。

她的心里，一直装着一个人。在谢英之前，那个人就在她心里，现在依然在。她一直都是身在曹营心在汉。如果说谢英不失足的话，她还可以用谢英信誓旦旦的爱来勉强说服自己和他不露痕迹地过下去，但是现在谢英的曹营失了火，这就怪不得她了。她终于可以无爱一身轻，一心在汉营。

当然，也只是心在汉营而已。她的身，一直不曾去过汉营，甚至连汉营的门也不曾叩过。

那个汉营的营主，叫荆漫。

2

子秋曾经给荆漫写过一封匿名的信。在和谢英结婚之前。

那个邮筒大约是城市最边缘的邮筒了。不远处就是田野。有风从田野那边很明确地吹来，带着庄稼和青草的鲜甜气息。子秋听着自己的头发在风中轻微的簌簌声，默默地看着这个邮筒。它很新，新得甚至有点儿稚气未脱。上面荡着一层薄薄的灰尘，像一个茫然的、不会洗脸的孩子。肯定很少有人往里面投信。子秋想。它静静地站在那里。像子秋一样。

子秋，你这是干吗？子秋决定最后再问自己一次：你知道这么做，有多可笑吗？

可笑什么，他又不知道我是谁。另一个子秋回答。

那么，你知道这种行为背景下的你，面对他时，有多危险吗？

我会天衣无缝。

你不是上帝，所以你没有天衣。你之于他，只有破绽百出的内衣。在他的面前，你暴露自己的概率太大了。

即使我真的暴露了自己，他也不会有什么感觉。他能赢得的女人太多了，分辨不出我和别的女人有什么不同。

那你又何必这样？既然他根本不需要你的爱，你也得不到他的爱。

我知道。其实我也不想和他有什么实质关系。不然的话，我不会用这种方式。有时候，我只是想这么任性一下。他怎么看是他的事，我怎么做是我的事。

另一个子秋终于不作声了。至此，子秋才算最后一次说服了自己。

她又看了看手里的信。下一刻，这封信就不是她的了。上面是另一个人的名字。经过一两天奇怪的旅行之后，它的权属就会发生相应的转移。信封不是本地产的。那一年，子秋出差到山东，在一家名"冰玉"的旅馆住宿的时候，因为急着找个什么东西装钱，顺手从服务簿里拿的。拿回家之后，才发现那个信封很漂亮，有点儿像航空信封，周边有一圈点点的海浪样的图案，明丽省净。子秋就把它留了下来。现在，刚好可以派上用场。不会被疑心。

子秋深吸了一口气，把信投了进去。邮筒里好像伸出了一个舌头，极快极贪婪地把信卷进了狭长的嘴巴里，仿佛一个饿了很久的人。

她忽然觉得，刚才自己和自己说话的时候，其实就是在和这个邮筒说话。

离开的时候，子秋又看了一眼这个邮筒，这个吞噬了她的秘密的邮筒。她忽然想：如果这是个废邮筒呢？那她的心事，就只有这个邮筒知道。她的这封信，也只能是这个邮筒收和读了。信会在邮筒里变脆，变黄，变老。一天天。

是不是也很好呢？反正自己想要的，不过是寄出去这个过程，和收信的那个人没有什么关系。

子秋对这个寂寞的邮筒笑笑。她的绿颜知己。如果真的只是她知道，真的也很好啊。

亲爱的人：

不管你知道不知道，同意不同意，我就这样默默称呼了你。

不知从什么时候起，你就像谜一样吸引了我。我不敢对你说。也不敢让你知道我是谁。因为我知道你有一个很好的家。而且，我不想让你把我归入贪图你声名权势的那一类女人之列。我纯粹地爱着你，就像爱着自己的一个梦。我永远永远也不想让梦醒来。

好好保重，保重你的身体、气息和微笑——一切的一切。我以我的生命起誓，我不是一个轻浮的人，也不是一个恶作剧制造者。之所以给你写这封信，也许只是为了让我内心澎湃的爱情变得平和一点儿。如果你看了这封信会觉得恐慌不安，或者鄙视，或者厌弃，请因为我毫无恶意的缘故而原谅我自私的表达。

谢谢你。只要你存在着，就值得我感谢。

一个傻女人

这就是子秋寄出去的那封信。准确地说，是情书。

荆漫比子秋大十岁。子秋二十三岁那年刚到市委机关大院上班时，荆漫已经在这个大院待了八年，三十三岁。

第一次在机关大院见到荆漫，子秋就对他有一种强烈至极的特别的印象。那时候，还不知道荆漫是谁。一次，她去给市委常委们送文件回来，在常委小院门口，看见荆漫和常务副市长正在迎接客人。客人的车刚好到。子秋躲在一边让路，她看见，荆漫上去打开车门，把手轻轻搭在车门上方——这是酒店的门童们做的事，很容易做得卑躬屈膝。何况，荆漫的个子那么高。可是子秋眼睁睁地看着，荆漫没有。他也微笑，笑得淡而有致。他也弯腰，弯得像一只长长的弓弦，很快就又饱盈盈地弹了起来。

常务副市长陪同客人们依次走进小院，边走边聊，还不时停下来议论两句。队伍行进得很慢。后面的人都跟得有点儿百无聊赖。荆漫走在最后，迎头碰上子秋，对子秋笑了笑，子秋也对他笑了笑。

送文件？

子秋点点头。

哪个单位的？

子秋报了自己的单位。

我拿一份好吗？

子秋递过去。荆漫抽了一份。这时荆漫已经和队伍拉开了距离，不用再控制速度。子秋听见，他的脚步很轻捷地向前去了。

子秋确定他不认识自己。他之所以对自己笑，只是因为礼貌。之所以跟自己打招呼，只是因为不想那么跟着人走。就是这简单的一面，子秋却感受到一种很深的亲切。这种亲切，是说不出来的。仿佛弟兄姊妹一样，是生下来就有的骨子里的亲，和切。

后来她才听说荆漫是常务副市长的秘书。常务副市长是一个极关键也极微妙的位置，如果不犯什么错误，就是绩优股，将来当市长市委书记是很有可能的。秘书的身价自然也会水涨船高。

秘书是妾，要体贴，要合身，要细意殷勤，是最容易把人做小的。但是荆漫不。荆漫跟着常务副市长由市长和市委书记一路走来，自己也升职到副科长、科长和副主任，都和那些秘书不一样。子秋多次见到荆漫在领导身边鞍前马后奔波忙碌，都和她第一次见他一样，总是那么不卑不亢，落落大方，没有一点猥琐低贱的奴才相。在一般小职员面前，荆漫也总是彬彬有礼，和气稳重，没有一线狐假虎威的官架子。

渐渐地，子秋心里就记下了他。记下他的时候，子秋也知道他并没有记下自己。虽然在一个大院上班，因为从属于不同的单位，他们打交道的机会不多。见到子秋时，荆漫一般都是点一点头，至多只是打个简单的招呼，话也极为简洁。他的脚步从来没有停留过，每逢擦肩而过时，子秋总是走得很慢，仿佛要细细地留住他身后留下的所感染到的风的味道。

子秋见过一次荆漫接待上访户的情形。上访户是最难缠的，动不动就代替了传达室保安的职能，拦在市委大门，不让所有的车辆通行。他们认得准：凡是坐车的就是当官的，凡是当官的就得解决他们的问题。于是一哭二闹三喊四叫，谁见了都头昏脑涨。子秋办公室的窗户有一扇是朝着大门开的，没少看见这样的风景。那天，快下班的时候，她眼看着书记的车开到了大门口——荆漫坐在副驾驶的位置上——正要进来，忽然一阵喧嚷，保安被推到一边，一辆农用三轮车横到车前，两个人从车上跳下，从车斗里抢出什么东西飞撒起来，一时间，一把把银色的小刀子寒光凛凛，向左，向右，向前，向后，向围观的人，和被围观的车。

子秋惊叫一声，跑了出去。来到大门附近，才嘘出一口气。随即捂住鼻子。

满地都是张着嘴的死鱼。

书记在车里坐着，打电话。波澜不兴，稳如泰山。官场多年，老油条了。得经过多少腥风血雨才能坐上书记宝座，什么大阵势没见过，首先得沉得住气。其次，依照不成文的规定，这是需要秘书出来挡驾的时候。什么都得亲自上阵，还要秘书干什么？

荆漫出来了。几条鱼光临到荆漫的身上。白色的衬衣顿时印上了晦暗的印迹。

我们找领导！两个人吼。

我就是。荆漫说。——也只有这时候，他才肯这么说吧？

两个人把荆漫拽住，开始哭诉，说纸厂的废水如何进了自家的池塘，上万斤的鱼一夜之间全翻了白肚。他们找乡里，乡里没人管，又到县里，县里也迟迟没有拿出解决方案，眼看着鱼都臭了，银行的贷款，孩子的学费，家里以后的日子……天塌了。

他们给荆漫跪了下来，揪着荆漫的裤子，呜呜，呜呜。荆漫急促地想搀他们起来。子秋看见他的眼圈红了。子秋也跟着红了眼睛。荆漫已经在大院了待了这么多年，这种事情肯定不稀罕了，但他还没有麻木迟钝到可耻的地步。她的荆漫，就应该是这个样子的。

两个人不起来。他们顽固地跪着，一边说一边擤着鼻涕，擤完鼻涕的手又拽住荆漫的衣服，仿佛是生怕他跑似的。荆漫任他们抓，依然努力想把他们搀起来。始终没有成功。

然后，荆漫也跪下了。

他和那两个人平跪在那里。

人群哑静。两个人也停止了哭泣。脸上的神情，吃惊大于哀恸。他们一定没有想到荆漫也会跪下去。他坐这么好的车，他穿这么干净的衬衣，他是这么了不得的一个官——他给他们跪下了。

他们乖乖地起来了。

荆漫把他们拉到一边，招呼呆立着的保安给他们倒上水，拿来椅子，让他们坐下，自己也陪着他们坐下。从口袋里抽出一包烟，给他们点上。接着安排保安先把死鱼捡出一条路来，让车进去，然后再把其他的鱼一条条捡回到蛇皮袋里。告诉他们：如果去法院打官司，这都是证据。

别急，别急。总会有人管的，总会有办法的。子秋听见他说。他的语速控制得很好，两个字小小一组，三个字轻轻一顿，让人听了，就会慢慢安静下来。

然后，围观的人散去，一切秩序都恢复了正常。再然后，信访局的人跑步到了，满脸是汗。——这本来就是信访上的事。一定是他们早早下班了，临时接到通知，才从家里匆匆赶过来。

　　之前之后，子秋都见过几起随机接待上访户的事情，像荆漫这样能用兼容得如此之好的情理去化掉干戈的，没有。

　　荆漫就是荆漫。子秋心里的荆漫，和谁都不一样。谁都不能替代。

　　子秋还喜欢荆漫穿衣服的风格。春秋夹克夏衬衣，冬天是深色的薄棉袄……其实都是很一般的男装，有时候还显得过于老气横秋，可放到荆漫的身上，无论冬夏都一直是那么顺爽整洁，舒洒和谐。他宽厚的背似乎永远都是那么笔直挺拔，让子秋产生一种抚摸一下的欲望。和人说话的时候，他从不会背侧着身表示出漫不经心的样子，而是眼神纯正地关注着对方，神情明朗而又诚挚。甚至他微鬈的头发在子秋眼里都是那么清新温暖，让子秋不止一次地想象自己的额头贴上去的感觉。

　　其实子秋也知道荆漫很可能没有这么好，一切都是她自己在作怪，但是自己这么想想总妨碍不着什么吧？子秋就这么不由自主地纵容着自己，一步，又一步。

3

　　谢英原来也是大院里的秘书。秘书和秘书虽然有大小轻重之分，但因为常跟着领导们一起见面，互相之间也都很熟络，面子上的交往也都是平和亲密的。子秋和谢英结婚那天，荆漫自然也来喝了喜酒。他破例和子秋开了句玩笑，子秋清楚地记得他对她说了一句："子秋，谢英谢了春红，一点儿也不匆匆。黄九金十，好收成啊。"

人很多，乱哄哄的。别的人，甚至连谢英，根本就没听清什么，子秋却一下子刻到了脑海里。

子秋把这句话写在了日记里。一整页，孤零零地就写了这一句。

谢英在家排行老小，父母亲已经年逾七旬，父亲很早以前担任过市委副书记。不过对于他这段历史有记忆的，除了组织部的档案处，恐怕就只有那所他已经住了三十年的市委家属区里的平房小院了。谢英大学一毕业就进了机关，也是有点儿家教渊源的意思。当时有人把谢英介绍给子秋之后，子秋很委婉地拒绝了。介绍人却丝毫也不气馁，反复来提，说谢英对子秋实在有诚意，到后来，子秋就觉得谢英的诚意表达得有点儿可笑：既然这么有诚意，干吗不自己来找她？还要人说？有诚意的人就一定要这么笨吗？不过再一想自己对荆漫，心里就有些怜惜动摇。

那天，她远远地看见，谢英和荆漫在大院左侧的小草坪上聊天，聊得很开心的样子，大笑起来都如大男孩一般纯真，忽然觉得这情形十分动人，仿佛自己的两个兄弟。而这时的谢英和荆漫一样，也不带丝毫的仕途风尘之气。

子秋在一棵树下站住，对自己说：好。

之前拒绝一切人，只是因为荆漫。而荆漫已经是不可能。

为他衣带渐宽，为他容颜憔悴，也无非还是不可能。她还有大把的青春。大把的青春需要大把的爱情。大把的爱情里，既有她爱的，也该有爱她的，方算得上完整。如同是一场酒席，既有敬她的酒，也有她自罚的酒，才会沉醉。荆漫是她自罚的酒，她满饮了。谢英是敬她的酒，他干杯，她随意。这么说，似乎是有些愧怍。仿佛是辱没了谢英对她的好。不过，再一想，凡是爱着的人赐给的，一颦一笑都是天堂的礼物。纵使是辱没，也是荣光。如同荆漫向她要一份文件——那份文件，她现在还留着一个备份。而她给谢英的，总比文件要温暖一些丰富一些。如是，也算不上辱没了。而且，已经将近三十，也真该结婚了。底下一个弟两个妹，都已经到了谈婚论嫁的年龄。父母不说她也知道，他们在眼巴巴地指望她给弟妹们做样子。天时地利人和，那就做个样子吧。

事情就是这样清晰。清晰了就显得残酷。而残酷和残酷平衡了，她的心就是安宁的。

之后，她就开始和谢英交往。直至结婚。直至结婚前夕寄出了那封信——那时候她才知道，谢英父母住的老院和荆漫的岳丈家是邻居。荆漫的岳丈，原来也是资历很深的高干。

寄出了信，子秋再见到荆漫时，荆漫还是老样子，子秋也是老样子，子秋觉得，自己甚至比老样子还要从容自如。只是有一次，谢英突然开玩笑道：子秋，我怎么觉得你虽然结婚了，却总是像刚谈恋爱时那么小，娇嫩，那么羞怯呢？子秋笑了笑，没吱声。后来，子秋想了想，大约是因为自己心怀这个秘密的缘故吧。仿佛在潜意识里，丈夫只是一个家长，而自己还是个小孩，需要经常偷偷溜出去玩儿似的。当然，家真的是挺好的，不过，玩儿却也总让她那么上瘾。有时，子秋也会想，即使怀着这个秘密过一辈子，也没有什么不好。她甚至有些庆幸，是不是因为有这个秘密，自己才显得年轻起来了呢？

　　婚后不久，市里按照上面的精神，搅起了精简机构的热潮。并且以身作则，从市委机关开始做起。所谓精简，无非是把上面的人减负到下面，再把下面的人换汤不换药地重组一番。有道是出了衙门口，大小都是官。子秋就在这次潮流中被分流到了交通局，当了一个小小的处长。荆漫也在这次精简中离开了市委，到一个很重要的局里当了一把手，跟书记的人都上得挺快，这是顺理成章的事儿。两棵庄稼被移栽到了不同的盆里，之后就很难见到荆漫了。初时，子秋的心还有点儿空荡荡的，不久也就适应了。好在还有谢英。他常把官场中的事情讲给子秋听：男人之间的争权夺利，各部门之间的微妙关系，上下级之间的沉浮纠葛，谁是最滑的老狐狸，谁是又臭又硬的砖，谁最能守口如瓶，谁近日身份倍跌，谁是大家的日常笑料：逢酒必喝，每喝必醉，一醉就忘了尊卑……讲着讲着，谢英也免不了砍树折藤，提起荆漫来。本来子秋已经听得萎萎靡靡了，荆漫的名字一下子就把她变得灵灵醒醒。然而也只是心里灵醒着，外面仍然眯着眼睛，温顺得如一只猫，屏息静气地支棱着耳朵，倾听。无论谢英说荆漫什么，子秋都记得一字不落。

　　有一次，谢英又提起荆漫，说荆漫的家世如何的平凡，走到今天多是借了岳丈的力。说他的岳丈如何牵线搭桥，一步步用自己的旧关系把荆漫扶起来。

你听人说的，还是他亲口告诉你的？子秋问。

当然是听人说的。这种事情，谁会告诉别人？

闲话是阵风，不听不头疼。你别信着人乱说。事实真相外人谁都不清楚的。

我知道。也就是跟你说说。当秘书嘴巴不严还有饭吃么？谢英看着子秋的脸色，我就是这么一说，你也就是这么一听。你好像是比我认真。

子秋笑了。是。她是听着听着就有点认真了，就替荆漫委屈。她觉得荆漫不是那样的人。不过话说回来，如果荆漫真是依了岳丈的力量，那也是该的。荆漫配了那样一个女人，是有点儿亏的——结婚前夕，寄了那封情书之后，子秋还偷偷去看过荆漫的妻子。子秋也不知道自己为什么要去看她。她和她之间不算情敌。没有战争。没有胜败。可她就是特别想去看看。看看那个女人长什么样子。

她早就打听过了，荆漫的妻子叫梅。在电信局的手机专营店上班。子秋走进店里去的时候，梅正在发短信。看见子秋，又把头低了下去。子秋一眼就觉得那是梅。她的下颌很尖，尖得仿佛骨头要刺出来似的。脸上的雀斑很多，繁星点点。看人的眼神很死气，没有一点儿哪怕是职业化的笑意。

我想看看这款。子秋指了指柜台里的一个手机。她想听听她的声音。

梅把手机拿出来，没有一句话。

你能给我介绍一下……

子秋的话还没说完，梅指了指旁边的宣传单，继续发短信。

子秋看过，又放回去。自始至终，梅都一直在发她的短信。

梅的一般出乎了子秋的想象，子秋微微有些失望。后来听别人谈起，也都是说荆漫配了那样一个女人，是亏了的。那么，既是亏了，就该把这亏找回来一点儿。子秋觉得，荆漫好像就是自己在想象中溺爱的一个孩子，怎么着都有理，怎么着都不过分。至此，子秋也方才明白，原来自己想去见见梅的心理，居然有点儿给自己孩子相亲的意思。

人家已经是老夫老妻了，自己才披上嫁衣，还要颠儿颠儿地为人家相亲，想想，子秋就不由得笑自己荒唐。

后来子秋见到了他们的女儿，长得却是出奇的漂亮，眉宇间也很灵气和乖巧，子秋的心才稍微安慰了一些，仿佛自己沉默的情感湮没得有了些价值似的。

那天下午，她去大院里找谢英，忽然看到荆漫正迎面走来，觉得有些意外，脚步便迟疑起来。她紧张地调整着自己的情绪，越走越近时，她终于扬起头，说道：荆局长好。

荆漫止步，笑道：好久不见。

你来办事儿么？子秋觉得自己的舌头分外笨拙，送出去的全是废话。

有点儿事儿。荆漫说。

没坐车吗？子秋冒失而又稚气地问，你不是有专车吗？

隔两堵墙我还得坐车？还没启动开呢就到了！荆漫开心极

了：依你说，我在三间屋子里遛一圈都得坐车呢。

子秋瞟了一眼荆漫令人炫目的笑容，微垂下头。他一定以为我是弱智。子秋默默地想。

这一段工作怎么样？荆漫又问。

一般般。子秋忽然又大胆起来：回头我去给你当兵，行吗？

你？荆漫说：不行。

为什么？

你这么漂亮，会影响大家工作的。到时候我政绩上不去，把饭碗砸了怎么办？

这是最寻常的男人和女人之间的玩笑。亲切的婉拒中含着客气的赞美。子秋微笑着，没有再说话。她不过是用怦怦跳着的心来了个小小的试探，而荆漫的幽默回绝中却饱含了他自己最恰当的机智。这就是荆漫啊。

他们之间，还有一次微淡的相见。起因是交通局和另外几个单位要联合搞一个知识竞赛活动，其中就有荆漫的局。打印好通知，这几个单位需要联合盖章，本来不需要子秋亲自跑，可为了见荆漫，子秋就揽下了这桩事。来到荆漫的办公室，荆漫忙招呼子秋喝茶，然后吩咐下属拿走通知去盖章。中间他出去了一会儿。子秋喝着茶，有些无所事事，便在荆漫的办公室里随意踱步——能够名正言顺地待在荆漫的屋里，她心里有说不出的惬意。

走到了办公桌前时，子秋一眼就看见了那封信。他居然摆在办公桌上！是根本不在意还是想经常看看？这两种选择的答案截然不同，天壤之分。子秋不敢思寻。她的心剧烈地跳动着。

荆漫不在。

她把手伸向信。然后马上又缩了回去。她听见了荆漫回来的脚步声。

坐啊子秋。荆漫走到桌前，似乎漫不经心地把信放进了抽屉里。

你……朋友常给你写信吗？子秋问。

哪里。现在的朋友谁还写信。除了个把特别浪漫的。所以，收到信就像捡了个宝贝。

子秋转过身，默默地笑了。他敷衍的语句中流露的珍爱让子秋觉得无比甜蜜。走出门来，子秋只觉得满眼都是青山绿水，姹紫嫣红，连收废品的老人都沧桑得美不胜收。她觉得自己这封信写得真好。对她来说，这封信是她偶尔的疯狂，对荆漫来说，他大约把这封信看作是偶得的浪漫。对这封情书来说，这大概就是它最好的归宿了吧。

那时候，子秋和荆漫之间，仅止于这样的细节。最普通的邂逅，寒暄，连一个握手的动作都没有。事情过去之后，子秋一遍遍地回想着荆漫的姿态。他的背是直挺挺的，走起路来也是快刀利水。他的笑容也是直的，很简单，不长不短，不硬不软。一切都是平常极了的样子。可子秋看着，不知怎的就那么顺眼。有时候，子秋也奇怪自己为什么居然可以对一个男人这样。想来想去，实在是没有什么很强大的理由啊——可是，难道做什么事情都需要强大的理由吗？自己想做，自己喜欢做，神不知鬼不觉的，又没有犯法，这难道不是最强大的理由吗？

凭良心说，谢英对子秋是很好的，能怎样好就怎样好。用他自己开玩笑的话说："我是把你当领导一样伺候的，只是比伺候领导还有感情。"子秋的生日他有玫瑰，他的生日子秋忘了，他依然有玫瑰。情人节、妇女节、五一节、青年节、儿童节、建军节，只要是节，统统有玫瑰。频繁得让子秋都不好意思了，说：不如买菜。他说：菜是菜，玫瑰是玫瑰。小老婆的情调还是要宠的。——他常叫子秋"小老婆"，子秋比他小一岁。子秋小感冒，他和衣而卧，端茶送水。子秋发高烧，他冷敷热拭，通宵不眠。像娇惯孩子一样。当然，也不尽是如此温柔。床第缠绵时，他生龙活虎，毫不吝惜，子秋求饶也不遗余力——知道这是另一种疼爱。

不想荆漫的时候，子秋心里也是有他的。只是一想到荆漫，谢英不知不觉就在子秋的心里变小了。这真是不一样。子秋有时候也不免惊异自己的厚此薄彼。不过，再一想，万事万物都不可能一样，一片叶子，一朵花，同根生，同枝长，却是一脉翠绿，一抹金黄。何况两个人呢？也就不穷研末究了。没有答案的事。

第四章

1

前面就是上岛咖啡，今天是周一。决定的日子。午饭过后，子冬一步步地朝上岛咖啡走去。眼看着"上岛"的牌子离她越来越近，也越来越大起来。

耿建已经在店里等着了，临着窗。子冬喜欢临窗的座位，既相对安静又视线开阔，远远看去还有一种浪漫的意味。当然，如果细细看去，就会发现窗帘和窗纱多半都蒙了一层油腻腻的灰，是摸不得的。不过，来的人谁会看那灰呢？即使看见了，谁会用那灰来扫自己的兴呢？

耿建的前面放着一杯清水。他问子冬想喝点儿什么，子冬要了一杯橙汁和一小份果盘。耿建笑道："早上金水果，中午银水果，晚上铜水果。你是要吃银子啊。"

吃金银是过去的人常用的寻死路的方式之一，如《红楼梦》里的尤二姐。子冬知道耿建自然没有这个意思，却还是暗暗有些心惊。笑道："心疼钱了？"耿建道："这点儿钱哪里值得心疼。不花钱能娶你这么个漂亮媳妇，就是时时刻刻吃水果也得供着。这么划算的生意真是打着灯笼也难找的。"

听这刚出口的话音，子冬知道他主意没变，略感安慰。剩下的，就是自己的了。子冬有些轻松。但这轻松也是一闪即过。她难道真要嫁他了么？眼前这个男人？尽管是个游戏，可这游戏却得照逼真里去演。若是演砸了，也是另一种意义的自寻死路吧？

然而，此刻，她不想回头。回头之后又能怎么样呢？那条路，她已经看够了。

橙汁和果盘很快上来了，白色的猕猴桃果肉，红色的草莓，月色的苹果，紫色的葡萄，雪色的梨。子冬用大拇指和食指擒着彩色的小叉子，一块块地放进口里。总得说点什么话吧，她问耿建小时候在乡下玩点儿什么——慢慢不再回乡下之后，乡下的影像反而在脑子里愈来愈清晰。很多次，子冬都想找个人说说，或者听什么人说说，却始终没有找到合适的人。即使是和老成。每次谈到乡村，老成都是不耐烦的样子，将话题匆匆避过。本来也就聚少离多，如是几番，子冬也就不再在宝贵的欢会时间里扫他的兴。

或许是没想到子冬会让他讲这个，耿建先是一愣，然后将眼神放远，开始慢条斯理地讲述。他的讲述是男孩子的角度，也全是男孩子的兴致，子冬很容易就将他的声音泡进了眼前的杯里，一口一口地饮了下去。

"那时候，想起来也就一个字：玩。不上学的时候天天玩，上了学，每天放学就是玩，摔泥巴，打弹珠，钓青蛙……我家养了几只鸭，我就对妈妈说去钓青蛙给鸭吃。你不知道么？鸭是喜欢吃青蛙的。或许别的地方不是，可我们那个地方的鸭，一向都吃青蛙。可青蛙哪是那么好钓啊。钓不上，我也没耐心等。就玩别的去了。天大地大，不愁找不到玩的。春天的时候，我和几个小哥儿们会去挖蕨麻，当用铲子挖开草地时，那褐色的、湿漉漉的蕨麻就会展现在我面前，有的像宝葫芦，有的像蝌蚪，因为蕨麻很脆弱，很容易断，所以我们先小心翼翼地捡完表面上的，然后用手挖开土，将它整个抠出来，也顾不上洗，用手搓去土，便吃起来，那味道脆甜脆甜的，似乎渗进了心里。我们会一直吃到舌头尖发热，再也尝不出味道了才罢休。我们那里的人把蕨麻也叫人参果，说是多吃人参果，就会无病无灾。说起来，印象里，我们那茬孩子，身体闹毛病的还真不多……夏天，麦子快熟的时候，在路边生一堆野火，烧麦子啊。那时候的麦子又青又嫩，在火上把麦芒燎了，然后趁这热劲赶快搓，赶快搓，把麦皮搓掉，就可以吃了。进口之后，那些麦子有一种鲜甜鲜甜的味道。你不觉得吗？什么菜也不吃，只吃馒头的时候，一点一点咀嚼，舌尖也会有这种鲜甜鲜甜的味道，这两种味道，是一家子的呢……秋天更不用说了，田里的东西怎么吃都吃不完。我们偷毛豆吃，那味道是清甜清甜的。钻进生产队的果园里偷吃水果，苹果、梨、葡萄，我敢说，哪一样都比你果盘里的滋味好……你也偷过？那就不用我说了。我那时候不和小女孩子玩，不知道你们都玩些什么？"

那时候。那时候。子冬的眼前突然腾起一层薄薄的雾。那时候，她都干了些什么？也偷过人家地里的地瓜，也生过野火烤过麦子和玉米，还热衷于采一种神奇的变色草。她们先找一小块长长的白布，然后找到那种草，把草卷在白布里，使劲儿揉啊揉啊，草汁就把布染成了绿色。第二天，她们就把这绿布当成了蝴蝶结戴在了头上。让她们惊异的是，这布会越来越绿，越来越绿，由翠绿到浓绿再到深绿。变到墨绿的时候就开始一层层把绿色淡掉，最后绿色褪尽，居然就成了黄色……还有什么呢？子冬突然想起了棉花。

那时节，棉花可是村里每户人家都必种的庄稼。开门七件事儿，柴米油盐酱醋茶，雪白白的棉花就是这七件事儿的妈。棉花开了不等人呢，要是万一下了雨，把棉沤烂在地里，该多造孽啊。所以一到秋天，摘棉花是女人的一件大活儿，只要路会走，手会动，都得上阵。三四岁的女孩子也跟着母亲到田里去，做母亲的就一边看孩子一边摘棉花。在这情势下，身体硬朗的奶奶在家也是坐不住的，会下地给大伯母搭个手。她搬张凳子来到田里，带着子冬，能摘一棵是一棵，能摘一把是一把。摘到快黄昏了，就颤巍巍地起身，先回家做饭。顺着棉垄往回走时子冬就会发现，没有摘过的棉垅是蓬蓬松松的，枝枝杈杈都聚在一起，不分眉眼，只要被奶奶的手——打理过去，就露出一条清晰的小路，像子冬头发上篦出的中缝。棉棵们则像头发一样，朝两边温顺地散开。这些头发是褐色的，一片片棉叶和一朵朵棉花是头发上盛开着的头花。土地温厚地覆在它们下面，是广袤的头皮。

渐渐地，子冬就会摘了。一出手就发现，这活儿，子冬做得是不错的。她的小身子长得恰好和中等的棉枝一般般，摘棉花时顺手就来。小小的子冬站在棉田里，腰里束上一只粉色的棉包——这是伯母特意给子冬缝的一个小棉包。一双手忽左忽右，忽上忽下，忽里忽外，忽高忽低，见着大朵开的棉花就抓，见着小朵开的棉花就捏，三抓两抓一大把，三捏两捏一小把，将两只手使得像一对轻盈灵巧的蝴蝶。每摘过一段，子冬就会往后看看。小路延伸得越来越长，腰间棉包像气球一样鼓胀起来。这两样让子冬获得了双重的成就感。子冬还喜欢对着玫瑰红的花苞和碧青的棉蕾深深地吸上几口气，让肺腑里都充满了它们的芳香。看着子冬的样子，伯母忍不住就会逗她："养这么个女儿，真是有用。冬，回头我跟你妈说说，把你要了当我的女儿吧。你要给我当了女儿，我种十亩花，好好攒着钱，将来把你的嫁被絮得厚过天。"

子冬的脸就红了，心就急了，一边瞪着伯母一边蹲在棉垄里假装赌气。伯母就连忙哄她："哪能呢？哪能把冬给耽误在农村呢。冬是城里孩子，过不了几天就回到城里去啦。将来就是不嫁干部，也要嫁个集体工合同工呢。"

两人一起笑了。寂静的咖啡馆里，他们的笑声有些扎，服务生过来给他们续了一遍水。

"你看看，伯母的预言不准呢。我既不是干部，也不是集体工合同工，只是个最一般的打工仔。"耿建举起杯，"要是你信得过的话，我们就走一段吧。"

子冬把杯举起。

"为什么信得过我？"耿建将杯偏了偏，没有和她碰。

"因为你不是个随便的人。"子冬轻轻道，"我听说，在你那里多领一张水票都很难。"

这是星期天子冬特意打了一圈电话从同事们那里套来的印象最深的一个细节，说工作严谨，为人和善。不过也做过别扭事儿。按他们公司规矩，每个科室一个月领十张水票，一次，一位科长有急事领了一张先走了，月末时又过来领水票时，耿建便只给他九张。他全然忘了那天的事，硬要十张。耿建便给了。第二天，耿建把那人叫到会议室，给他看一个录像：他走出了行政处，手里清清楚楚地攥着一张水票——耿建硬是忙活了一个晚上，从走廊的监控器里把那天的情形搜了出来。

"我也听说，"耿建看了子冬一眼，说，"你递把剪刀都有讲究。"

子冬惊讶。随即又笑。这事是有的。肯定是科里那个女孩子散的话。别的科经常有人来借剪刀，子冬发现那女孩子递人剪刀的时候，总是把刀尖朝外，就告诫过她两次，说这样容易伤人。要她把刀尖朝里。那女孩子却不记心。后来子冬特意要她给自己递剪刀，每天都递几次，刀尖朝外的她就不接。递了一个星期，那女孩子终于改了过来。

还有什么好说的呢？两杯相碰，杯身脆响。子冬忽然觉得心底有一块东西变得透明起来。

"那，我们就这样？"

"就这样。"

耿建放下杯，伸出小拇指。子冬慨然接住，两人的手指拧在一起。短短一缠，又很快分开。沉默的间隙，他们都扫了一眼彼此的脸。硬朗，决断，义无反顾。他们看起来也算是般配的一对吧？但是，谁能相信呢？他们准备与婚姻结盟，却和爱情无关。爱是需要气息的，这种气息从一谋面就可以决定他们是不是会相爱。他们之间，不可能会爱。

"不过，想想，碰到真正想结婚的人时自己已经成了二锅头，总觉得有些莫名其妙。"

"今天中午的菜里，我觉得最好吃的菜就是那道回锅肉，"子冬说，"出尽了肥油，香而不腻。"

两人孩子般大笑。

从"上岛"出来，道了再见，两人背道而驰。阳光有些刺眼，子冬一手拿着矿泉水，一手搭在脸上，一步一步地向前走。走了两步，她把手拿下。迎面来了一个捡废品的老人，不是上次那一个。子冬犹豫了一下，把水赶快喝完，送进了那人的袋子里。阳光热烈。刺在眼睑上，有一种微微的辣椒的尖香。不假。一切都是真的。那就这样吧。她以往的毛病是太认真。这次倒是要游戏一把了——不过，她的游戏，也许还是和别人不会一样。

当晚回到家，子冬把耿建的事情在餐桌上通告了一番。大家一致审定，是个不错的人选，择日可以带回来供详细参观。一周之后，耿建提着礼物上门，举止得体，言语畅达，顺利通过审查。当天晚上，耿建走后，子秋也要走，被子冬和子夏拽住，要她留宿一夜。眼看子冬这盆水要泼将出去，老宁的心情格外好，也挽留女儿道："住一晚吧。"说着将耿建买的大西瓜抱到厨房，小心切开，分盘端上。吃过水果，子冬和子夏也将两张单人床合为一张。三个女人睡一张两米宽的大床，是足够宽了。

三人轮番洗漱。子冬去洗时，子秋问子夏对耿建的印象，子夏道："看着不错。"子秋等着下文，却不听子夏再说。一会儿，三人都洗毕，躺到床上，打开电视，百智还没有登场，她们就一边浏览着别的频道一边聊天。子冬问她们对耿建感觉如何，子秋笑笑，没吱声。子夏简短道："不错。"子冬又问好在哪里，子夏说这哪儿说得清，就是小白兔钟情大萝卜，好就是了。子冬本指望她们多说两句，多问两句，自己好把真相趁势说出来，看她们这么淡淡，不由得有些讪讪。

　　《心夜相约》开始，百智开始接听热线。第一个打进来的是个女人——打热线的多半是女人，又是一出苦情戏，说丈夫有了外遇，她也有了外遇，两人双双外遇，她的外遇却不如丈夫的外遇质量高。她的情人是个流氓，他要她离婚，和他一心一意地在一起，却不准她带孩子，如果她要是不听他的，他就把他们之间的事情发到网上，让她臭名昭著。女人哭着问百智她该怎么办。百智几乎没有任何忍耐地就发作了："你问我？我没有办法！我很无能！我没办法！既然你没有能力去处理这件事，就该去告，要告就不能怕丢脸！你选择了这么一个情人是你糊涂，任何聪明事都有奖赏，任何糊涂事都要付出代价！你必须付出代价！必须付出代价！"

　　"我知道，可我就是怕……"

　　"怕？现在你想到怕了？你有什么好怕的？怕有什么用？怕这个怕那个，那就这么一团糟下去吧！你付出的代价会越来越大！"

　　挂断电话，音乐声温柔地响起。百智的语气也慢慢和顺下来："观众朋友们，我真是最听不得这个怕字，一听到这个字我就生气，我的白细胞就会一批一批地死。其实我知道，特别没主意的人不会打我的电话，特别有主意的人也不会打我的电话，凡是找我的，都是那种既有主意，主意又不太坚定的人，你们中有很多是聪明人，都知道事情该怎么办，打我的电话只是想要倾诉一下，同时也想要我来肯定一下你们的态度。你们相信我。可我想说的是，为什么就那么不相信自己呢？浪费电话费来讨我的骂，真的有必要吗？我也是个普通人，百智真的只是个普通人，我不是金口玉言，不信，你看，我没有长金牙……"朝着镜头，百智咧开了嘴。

姊妹三个一起笑起来。百智真是很可爱。这个百智，平时话那么粗，原来是什么都明白的啊。这一瞬间，子冬决定把这件事情对她们守口如瓶。只要自己认为可以，对她们说又有什么意义呢？她们的嘴里，一样也没有长金牙。再说，子夏口松，若是她什么时候在爸妈面前漏了嘴，那反而麻烦大了。

第二天，子冬和子秋一起打车上班，在出租车上，听着车轮在地面上沙沙的磨响，子秋突然喊道："子冬。"

"什么？"子冬正滋滋地喝着豆浆。

"你想好了，是吗？"

想好了？她这么问她。她没有问她是不是爱他，只问她是不是想好了？难道她看出来了她根本就不爱他？子冬抬起眼睛，迎着子秋的眼睛。两双眼睛平湖皓月，清澈见底。

"是。"子冬说。

"相由心生。耿建很善，不会欺负你。"子秋缓缓说。

子冬的泪水涌出了眼眶："你怎么看出来的？"

"我对谢英，当年也是一样。"子秋说，"走着看着。这样也好。"

过了几天，子冬去看了看耿建的房子。看房子时，他随手扔的瓜皮差点儿把她滑倒。

"一个人住惯了，乱扔。"耿建不好意思地说。

2

雨后的城市就像被洗了一遍，道路洁净，空气润爽。下了公交车，走去公司的路上，子夏的速度比平时慢了些，似乎有一种一定要慢下来的心情。这个城市前些天一直在下雨，这两天才放晴，今天又有些灰着，但灰得很亮，仿佛是一块巨大的磨砂玻璃，玻璃后有着若即若离的光。空气中浸着足足的湿润，树叶吧嗒吧嗒地滴着水，小巷里的晾衣绳上还缀着一粒粒的珠子，如吊镶的圆钻。川流的人群，熟悉的喧哗，一切似乎都和以前一样，但还是让她感觉隐隐陌生起来，恍惚间有了隔世之感。

都一样的，你和往日没有什么不同。子夏对自己说。然而这么说的时候，她也清楚地知道：这种提示的产生，是因为终究是有那么一点或者很多不同的。

走到帝湖房地产公司门前的时候，子夏深吸了一口气，想让自己的情绪变得好起来。果然，随着肺腑渐渐清澈，她依稀觉出心里那些幽暗的东西似乎慢慢地亮了一些。

这个城市原来是西荣东冷，现在已是东贵西贱。东边是行政区，一栋栋咄咄逼人的大楼拔地而起，日新月异。西部则因聚集了众多落魄的国有大型企业，进入眼帘的就是无数下岗工人的破旧小窝。消费力低、购买力弱是众所周知的。格林房地产的老总是个海归，手里大笔资金无处消遣，逛遍了整个城市后审时度势，大胆出手，将西区沿边的两千亩地一口气买下，政府被他的手笔鼓舞，将其中包括一个即将干涸的废弃湖泊免费赠送。这个湖原名低湖，干涸了也是地势低下，若要盖成房子不知道得填多少土。老总请来设计师精心谋划，化腐朽为神奇，将低湖改名为帝湖，野心勃勃开始了创业史。先把帝湖整饬一新，注入满湖清水，浩大湖面波光摇曳，碧水粼粼，自是可以绕着湖水做尽文章。品味不低，房价不高，雅俗共赏，穷富皆喜。首期推出便大获成功。之后二期，三期，四期……无边房子萧萧起，不尽财源滚滚来。

走进公司，迎头看见保安头顶的时钟：九点零五分。她迟到了。保安的微笑中带着同情。子夏朝他点点头，推开楼梯通道的木门，直奔二楼。宣传企划部就在二楼，不用等电梯，又省了一些时间。

进了办公室，宣传企划部主任张宏果然已经在了，正在抹桌子。子夏问好，张宏故作严肃道："怎么又迟到了？"子夏做了个鬼脸："就这一次。"

"一次复一次，看你下次还说什么。"

"我会说，就这两次。"

张宏笑了。子夏知道签到时他一定给她打过了掩护，便很乖地给他的茶杯续上热水。张宏瞥了她一眼："在路上捡钱了？那么高兴。"

"好不容易迟到一次，当然要高兴。"子夏说。一面不由得照了照包里的镜子，清晰地看见自己的脸上荡着粉嘟嘟的光晕。怎么会高兴呢？她忽然觉得自己有那么一点儿无耻。

电话铃响，子夏接起。是很硬的乡村普通话，男声，找张宏的。接完电话的张宏长叹了一口气，子夏问怎么了，张宏说找他的人是他姑姑家的孩子，他的表弟，一直在这里打工。最近他母亲脑子里长了一个很大的瘤，要来做开颅摘除手术，可是家里穷，没有钱，想让他帮忙找个便宜点儿的医院。

"那你有的忙了。"子夏表示同情。

"那是应该的。不仅帮忙，还得尽全力。我姑姑对我特别好。"张宏说他就这么一个姑姑，从小姑姑就待他如同亲生。他三岁的时候得过小儿麻痹，医生都说不能治了，他父母都放弃了。他姑姑不知道从哪里听到一个偏方，说用中药热敷之后，再用擀面杖擀他的腿，就能把他的病治好。于是把他接到乡下，每到他临睡之前就用中药热敷，等他睡着之后就用擀面杖擀，硬是擀了一年半，把他的腿治好了。以至于到现在每当他看到自己的腿，就会想起姑姑的擀面杖。

滔滔不绝地说了一段，他看了看表，顿了顿："上班时间，不和你聊了。赶快把那篇文章给我。"

子夏答应着，打开电脑。昨天张宏要她写一篇宣传帝湖三期的软文，所谓软文，就是软广告，用业主的名义为帝湖吹嘘，从而引入更多的购买者。要在最近的广告版面上用，题目她都起好了，今天得交上去。可坐了半天，电脑上还是那个题目《渴望回家——帝湖花园三期首批业主谈帝湖》。

今天周二，又该是她值夜班的日子。上周二，她值夜班的时候，发生了一件事。

那天，她从子秋处来到公司，已经是十点多了，她简单地收拾了一下，又看了会儿书，上床时就已经到了十一点半，平时她也都是这个时候上床。她关了灯，拉上窗帘，脱得光光的，蒙上一条棉布浴巾，躺在床上听音乐。她有一台小巧的东芝录音机，是子秋给她的。是那年子秋考上了西安交大时西安二伯送给子秋的礼物。据说是托人从日本带回来的原装品，质量非常好，放起音乐如同双耳长上了翅膀，可以在明净的蓝天上轻盈翱翔。

子夏听的是俄罗斯轻音乐，里面收着《小苹果》《你好，忧愁》《喀秋莎》等一些经典的曲目。她喜欢这些音乐，总觉得这个民族的音乐能够于浪漫中含着一种博大的悲凉，于厚重中含着一种浓郁的诗意，且能够把幸福和苦难融汇诉说，还能够把疼痛和抚摸一起呈现，倾听着它们，真的就是一种神奇的享受。

她戴上耳机，把音量调到最高处，音质依然纯净如银，没有一粒尘埃。子夏闭着眼睛倾听着，突然，她觉得有什么东西冰凉凉地架在了她的脖子上。她睁开眼睛，床前站着一个人。黑乎乎的脸，比黑夜更黑，看不清眉眼，显示出一种奇怪的细长，仿佛是一截烧焦的树桩擎在颈上，像电视剧里那种头戴黑丝袜的抢劫犯。

子夏的意识一下子清醒过来，身如冰柱。她立刻明白什么事情发生了。——这就是个抢劫犯。

她没关窗。她原本打算听完音乐再关窗的。但明白又有什么用呢？现在重要的是面对。

"钱在桌上的包里。"使尽全身的力气握了握自己的拳头，子夏说。

"多少？"

"四百多。我就这些。"

"你起来去拿。不准开灯。"男人说。

"我穿上衣服，可以吗？"

"不行。"他每说一句话，尾音里都带有一种特殊的平音，似乎是哪个地方的方言，子夏确定自己在哪里听到过。如果她能够躲过这一劫，这是她能够向警方提供的破案线索之一，她知道。她快速地回想了一遍，没有结果。子夏起来，把浴巾在胸上缠了个圈，将余角掖紧，在黑暗中找到包，拿出钱。

"存折呢？信用卡呢？"

"在我办公室的保险柜里。"子夏说的是实话。

"胡说！"男人的刀在空中高高地划了一下，刀锋离自己和子夏都很远，这使得他的动作有些夸张和虚弱，"找！"

子夏打开灯，男人下意识地抬起胳膊护了一下脸。其实他根本不用这么做，黑丝袜正亲密无间地笼罩着他的整个头，皮肤的光泽从袜孔中很规律地闪烁出来，五官的轮廓既层次分明又朦胧统一。

"谁让你开灯的？"他说。

"不开灯怎么找啊。"子夏说。她走到墙边，打开壁柜。故意让柜门在墙壁上磕出一片声响。她断定他有二十多岁，也断定他是一个生手。如果不是生手，他不会说找，而会说让她去拿，也不会让刀子离她这么远，让威胁的力度受到微妙的损害。更不会容许她弄出声响，试图去惊动他人。生手是有破绽可寻的，她有可能从破绽中获得生机，然而生手也是最容易在恐惧中冲动的，所以她也一定要掌握好时机。

找完了壁柜，子夏也停止了去惊醒楼上同事的努力。其实她早就预料到，以同事之间的疏淡交情，是不会为这些细节来关注她的。平心而论，如果同事那里半夜有什么动静，她也不会去操这份心。一堵墙就是一个世界。

她只有自己面对。

"再找也是白费，"子夏说，"这里真的没有存折和卡。根本就没有的东西，我怎么给你找出来？你要是不信，你就指着让我找。"

男人站着，似乎有些手足无措。他的沉默让子夏更加确定他是一个生手。一个老练的劫匪是不会在这样的境况里沉默的。

"我这儿还有一些值钱的东西。"子夏拿出一台商务通掌上电脑——那是去年春节公司发的福利，又指指那台东芝录音机："这两样东西值个两三千块钱。"

"用袋子装好。"男人说。子夏装好。她注意了一下袋子，是九华超市的购物袋。

"不准报警。"男人又说，一边举着刀往后退去。紧张的神情仿佛面对的正是一个全副武装的警察，而不是子夏这样一个单薄的女子。子夏点点头。男人说的话让她忽然想起小时候她在乡下奶奶家过暑假，常常到环村的小河边玩耍，每次都把衣服弄得透透湿，而每次去玩的时候奶奶还是要叮嘱她："不要把衣服弄湿。"

　　一个入室抢劫的男人居然会让她想起童年，这真是一个有意思的夜晚。他潜含的稚气冲淡了他裱糊的恐怖，使子夏的一部分戒备不知不觉地转化成了悲悯。

　　他跳上了窗户。

　　"其实，"子夏说，"你可以打门走的，走窗户太危险了。"

　　男人一手拎着东西，一手拎着刀，看起来高极了。他蠢在窗台上盯着子夏，似乎是在判断她的话里是不是有陷阱。子夏也看着他。确定他要走，她才有心情比较从容地观察他了。根据他与地面和天花板的高度差，他应该在一米七五左右。穿着一件深蓝色的汗衫，裸着宽宽的肩膀和粗壮的胳膊，胸口几团生机勃勃的黑红色肌群，因为紧张而显得僵硬。胳膊上突起着一些小小的颗粒，如同公园小路上嵌着的碎石子儿，粗糙坚实。在腋、胸和腿处，旺盛的体毛像草一样蹿出黑黝黝的地表，长得兴兴头头。

　　这是个有力的男人，斗不过。子夏很清楚这一点。好在她从一开始就没想到要和这个男人斗。她曾经在报上看过类似的分析，说女人在面对这种罪犯的时候，一般会有四种结果：一是既打击了罪犯又保护了自己，这种人是智慧和勇敢的。二是打击了罪犯但没能保护自己，这种人是勇敢和不幸的。三是没有打击罪犯却因此保护了自己，这种人是智慧和不幸的。四是既没能打击罪犯，也没有保护自己，这种人，只是不幸的。谁都想做第一种人，但做第一种人的概率往往又是最小的。子夏知道做不了第一种人，她没有条件勇敢。那就尽量做第三种人吧，第三种人的上限就是努力把不幸降到最低点。如果仅仅损失这些东西就能够让他离开，简直就能称之为大幸了。

"你什么意思？"男人终于问。

"我不想让你为了几个钱就摔断了腿。"子夏说。

男人跳下窗户，一步步地走过来，刀子像根深秋的黄瓜，蔫蔫地垂在他的手里。子夏静静地站着，一动不动。与子夏擦肩而过的时候，他的脚步忽然有些趔趄，身子微微一晃，蹭掉了子夏的浴巾。男人的体味山洪一样袭击了子夏的山谷，子夏的大脑顿时成了真空。一瞬间，男人把子夏压在了床上，子夏下意识地想要叫喊，可是被他的手迅捷而有力地捂住了，他就那么捂着，捂着，子夏只能呼吸到他的指缝里漏出的几缕气息。在推搡和挣扎间，子夏忽然浑身瘫软。

她接受了强暴，并且抵达了高潮。那一刻，男人停了下来。"好吗？"他低声问。子夏不语。她抓掉了他头上的丝袜，看见了他的脸。

男人还是从窗户走的。他没有拿录音机和掌上电脑。他说："钱我先用几天，我会还给你的。你周几值班？"

"周二。"子夏说。这一瞬间，她知道自己应该对这个男人撒谎，但她没有。

3

一个月后，宁子冬和耿建已经准备好了结婚的所有事项。其中最重要的是约法多章。其中婚前若干：一，不举行大型婚礼。只约双方亲人便宴。既省得虎头蛇尾，与分手时的规模不相称，又有利于在人前都仍保持单身形象，免得错过真爱之人。二，要求家人对结婚事实严格保密，可吓唬他们说已婚身份会影响彼此的升职和加薪等重大前程。三，不办结婚证。免得分手时麻烦。婚后的要繁复许多：一，两人各居一室。子冬住小卧，耿建住大卧，大卧不准锁门，因为它带阳台，女同志喜欢晒晒洗洗，出出进进方便。二，可交男女朋友，但若有一方先有了合适的，也不能分手，必须等到另一方也找到意中人才能解散。三，双方家庭若有什么活动则需共同出席，互相捧场。四，搞卫生做饭等家务共同做。当然，有些家务可以凭着对方的专长承包下来。比如说，子冬洗衣服，耿建擦玻璃。但内衣裤必须各自清洗。其他小事也纷纷立项，如冰箱东西不分你我。不准在房间里大声喧哗。浴室毛巾不能混用。不能在公共场合，比如卫生间、客厅和厨房抽烟……

日子越来越近。在"阳光香厨"碰到的时候，两人的表征一如从前。不过，隔着几张桌子看着耿建和别人说说笑笑，突然想起自己对耿建本人几乎毫无了解，子冬常常就会觉出一种深深的荒唐：他到底为什么没结婚？家庭是不是他所说的那样？婚后能不能遵守规定？一切都是未知。对面的人在看报，正对着她的那一版上，黑色的初号大标题赫然在目：百万的"夫妻忠诚协议"有法律效力吗？她借过来，仔细学习。律师分析得头头是道：首先，协议内容没有法律依据。因此得出第二点：协议无效。第三点最好玩，居然说这种协议在侵害公民的人身自由。说如今人们情感价值观念混乱，许多人对爱情婚姻失去信心都可以理解，但法律从来就不能过分涉足人们的情感世界。忠诚不是法定义务，仅属于道德领域。应该让法律的归法律，让道德的归道德。记者后记里说，这对夫妻告诉他，他们是有爱情的。这个协议不过是为了让爱情更保险。

放下报纸，子冬微笑。有爱情的人还要保险，那么，像她和耿建这种没有爱情的呢？她又瞟了一眼耿建。他们之间的契约比报上的这一对还滑稽：只有约定，没有惩罚。一点儿哪怕是虚拟的约束力也没有。但奇怪的是，她不觉得可怕，也不打算回头。如一个泼了命的赌徒，她打算把自己的第一次婚姻放在赌台上——当然，素日对他的性情做派有所耳闻，也并不是那么没有根底儿。连张水票都拎得清清楚楚的男人，一定是认真的。对这桩虚拟的婚姻，应该是会按预先的实施规则去办事的。她的眼前，也时常会出现耿建给那个收废品老人递矿泉水瓶的情形来。事儿很小，简直不值一提，但子冬却反复回味。后来她才明白自己为什么会看重这个细节。这个细节让她给自己找到了依据和安慰。能对一个收废品的老人都如此仁爱的人，即使以后和她相处不谐，也不会给她带来恶意的伤害。他在熟人之中的口碑和对于陌生人的善意，让她推论出了他在这场特殊婚姻中的道德。这是她敢于去赌的一条隐匿的心理基线。想来，他对她也是如此吧。他不是也打听到了她递剪刀这样的小枝叶么？

新房布置了两处。城里一处，乡下一处。城里的新房他们装修得很毛糙，布置也是最中庸，最没特色的：深咖啡色的落地窗帘，深灰底儿浅灰色花朵的布面沙发——耐脏。一百五十块钱一个的玻璃方几，橱柜、灯具、餐桌餐椅都是最寻常简单的样式和最不浪费的价位，是典型的现烧火现劈柴现烧香现捏佛的架势。装修期间，男主人偶尔过来一看，女主人只来过一次，也不发表任何意见。装修工人从没见过这么不挑剔的主顾，忍不住议论："这两口子是不是缺心眼？"

"不是缺心眼就是没爱情。"另一个工人很有见识地说。

婚前一周，子冬去了一趟耿建乡下的家。宽宽敞敞的乡间院落，很喜兴的朱红大门。推门进去，东厢房前的空地上种着几株月季。子冬看见一位老妇人正坐在椅子上，膝盖上放着一个簸箕，她戴着老花镜，专心致志地挑着米粒里的砂石。听见声响，她抬头道："小建回来了。"便不慌不忙地放下簸箕，拍拍身上的灰，揭开一张石头凳子上覆着的纱盖，露出两碗茶水，道："我估摸你们快回来了，先喝鸡蛋茶。"

耿建朝子冬使了个眼色，两人端起鸡蛋茶。鸡蛋茶冲得很碎，上面飘着一层油花。子冬从来不曾喝过这样的鸡蛋茶，问怎么会有油花，耿建介绍说是香油，又说冲鸡蛋茶放香油是他们家的传统，因为父亲曾经说过，香油对降血压血脂有好处。子冬一边喝着，老太太一边在院子里忙来忙去。她头发白了不少，却修剪得很整齐，脚上穿着一双雪白的袜子。耿建说：她只穿白袜子。

门外有人叫着什么，老太太连忙出去，片刻之后拿着几根黄瓜回来了，说是邻居给的，大棚里刚下来的菜。"问我刚才是谁进了门，我说是小建和小建媳妇。"她平静地说着，子冬发现她嘴角微微上翘，露出一丝不易觉察的骄傲和得意。子冬几乎是一下子就喜欢上了老太太的气度。

老太太让子冬把包放在东厢房，子冬一进去就知道这是新房。脚下是福字串着福字的印花大理石砖，头顶是喜鹊登梅纹样的石膏天花板。门窗全部新上了红漆，阔大的席梦思床上铺着八条崭新的缎子被：朱砂底金线的龙凤呈祥，宝蓝底银线的孔雀开屏，秋香底青黑线的百子千孙，茄紫底浅黄线的鱼跃莲花，月光白底珊瑚红线的蝴蝶欢舞，豆沙绿底橙粉线的芙蓉锦鸡，薄荷靛底七彩线的鸳鸯牡丹……隆重细腻，吉祥温暖。子冬从上到下地摸着这些缎子面。如此热闹的图案，手感却是这般滑凉，仿佛她的心。

晚饭过后，两人出去散步。走到村外，一股熟悉的气息扑面而来。这是一片棉花地。棉花地的晚景子冬是熟悉的。在乡下摘棉花的时候，有时奶奶回家，子冬不愿意跟她回去，就在棉田里跟着伯母一直到收工。眼看着浅蓝色的雾霭一层层地深罩在田野周围，蝈蝈的鸣叫声显得愈加清脆。那些郁郁葱葱的棉叶和那些开着雪桃的枝条的色泽渐渐地也都溶进了浅蓝里，浅蓝又成了深蓝，而深蓝又逐渐转向了墨蓝，如一幅幅颜色渐浓的山水画。

田野里的虫鸣很欢。然而又特别的静。这样的情形似乎是适合交换情史的。子冬先讲。她讲了韦兵，也讲了老成。耿建后讲。他讲的最详细的是初恋，也是他最重要的情感经历。她叫安纺，是他初中同学，初二时从别的地方插班过来的，他说当她跟着班主任走进班里的一刹那，他只觉得眼前一亮。这一亮把自己的眼睛都照耀得那么羞惭，使他在她面前一直不敢正视。其实她瘦瘦的，很柔弱。辫子长长的，眼睛很大，很清澈，看人的时候很单纯，如一头无辜的小羊。他说班里有很多男生都喜欢她，却都不敢说。他也不敢。男生喜欢她的方式各不一样。他喜欢她的方式是默不作声，有的男生喜欢她的方式就是骚扰。不是借她的文具赖着不还，就是把她的作业本弄破，或者是跟在她身后一迭声地喊"臭美！臭美！"还给她起了一个长长的绰号：大辫子小妖精。他最讨厌坐在她座位后的那个男生，他经常在上课的时候把她的辫子悄悄缠在她的椅子靠背上，让她在起身时打一个趔趄。为此，一向温顺的他居然借故和那个男生打了一架。

后来他俩都考上了县城第一高中，又同班了三年，他仍然不敢看她。直至高考后，他才在一天夜里，步行了二十多里，走到她的村子，把她约出来，坦白了自己的心意。让他狂喜的是，她也喜欢他。但这个开始几乎就意味着结束：高考结果出来，他考上了她报考的那所大学，她却落榜了。家境不许她有复读的机会，她要出去打工。那个暑假，他们频频约会，几乎天天见面。一到晚上，他就跑到她的村子外面等她。

"你们，当时，都很纯洁吧？"斟酌着词句，子冬问。耿建笑了，轻轻打了一下她的肩："是纯洁。身心都是第一次给了对方。当然纯洁。虽然，身体只有一次。"

"为什么只有一次啊?"子冬厚着脸皮问。

"因为她,怕疼。"耿建说。

他们开始还有着密切的信件联系,随着她打工的地方不断转移,他们的联系愈来愈少,愈来愈少,终于完全断绝。后来他辗转听说她嫁了人,是和她一起打工的同事。

子冬默默地听着,再也不问,也不评。她知道自己之前的感觉是正确的。耿建不会爱她。她不是他爱的那种类型。他喜欢弱者。只有安纺这样的弱者才能激发他的爱。而现在,无数都市的女子都太强悍了,如她。其实,她也弱。只是,她的弱和他喜欢的那种弱,不在同一个领域。

不知从何处传来一声犬吠,子冬下意识一凛,耿建伸出手,揽住她的肩膀。两人在风中毫无目的地走着。忽然看见了远处小卖部里的灯光,如疲倦的小小的杧果,仔细嗅嗅,似乎还可以闻到淡淡的混合着烟草气息的果味。衬着这灯光背景的是另一道灯光,那道光很明亮,耿建说亮的地方是村里唯一一盏路灯,装在村委会那里。他们终于慢慢靠近了那盏灯。子冬远远地看着那盏灯,发现一盏灯就足以把整个村庄的天空照亮。他们绕着那盏灯,默默地散着步,村庄很静。如在夜海漂浮的大船。一丛一丛的树影随着风朦朦胧胧地摇曳着,子冬听着不知名的虫鸣,内心一点一点地安宁下来。

回到家里,子冬简单洗漱完毕,正准备在新被子中睡去,忽然手机里响起了短信铃声。打开,是耿建。问她:"现在后悔还来得及。再问一次:你确定么?"子冬微笑。她没有开灯,只就着手机的本色微光沉着回答:"我确定。"

第五章

1

又到周二，子夏继续值班。

夜会这样的静，子夏从来都没有发现。而夜的静又在于夜的不静。每一点滴的声响在夜里都如阳光一般明晰，却也同阳光一样无法触摸。她听到暖水壶的木塞发出的咯嘣咯嘣的声音，壁柜里塑料袋子的皱褶慢慢舒展的声音，桌上的闹表一轻一重起落的声音，还有窗外墙缝里蛐蛐的吟唱，脚手架上偶尔掉落的土渣，很远的街道上行人的脚步，出租车司机在等绿灯时的唠叨……夜像一个失语的老人，默默地包裹着这一切。他看到了多少东西呢？在这个繁华而又荒凉的世界上，白天似乎只属于日新月异的奇迹，而夜晚则属于守口如瓶的秘密。

每到这个夜晚，子夏依然会一丝不挂地躺在床上，但她已经不听音乐了。她在夜的声响中像猫一样分辨着哪个声音是朝着自己而来。他说过他会送钱来。子夏知道这是不可能的。可她就是控制不住自己的期盼。她觉得他来的可能就像不可能一样大。为什么不呢？也许他认为自己是个罪犯，可他应当知道她对他是没有敌意的。也许他还没有挣到钱可以还她，可他应当知道她根本不在乎那点儿钱。也许他不敢再冒险了，那他就这么忘记了他的身体和她的身体之间有过一次多么亲密的友谊么？

其实，子夏是想忘记那个夜晚的，可她对自己的记忆无能为力。

那天，那个男人走后，果然下起了雨。雨很悠闲，像一个无所事事的女人在不紧不慢地嗑着瓜子儿。"叭，叭，叭，叭"。突然间，节奏有些急切起来，"叭，叭叭叭叭叭叭叭"，那一定是另外一个女人也一起来嗑了。瓜子声过后，雨声连成了片，像有人在天下洗澡。再然后，雨声渐渐地安详了，像洗过了澡要睡着一样。子夏静静地听了一阵儿雨声，起来关窗。路灯晕晕地亮着，从潮湿的树影间望去，可以看见行人的雨伞斜斜地开在路面上。远处小酒店和超市的招牌在雨里一衽一衽地闪烁着，像一个疏淡的女人闲散地倚在门口。

往自己的窗下看去，墙壁上的瓷砖反射出淡淡的光。男人早就走远了。他去哪里了呢？

子夏一夜未眠，第二天一早起来便回了家，第一件事就是洗澡。一直洗到家人都起床要用卫生间。妈妈问她怎么洗了那么久，她说："昨晚我整理办公室，荡了一身灰。"

"在办公室能休息好吗？"

"还行。"子夏道。

"看起来精神还不错。"

"是吗？"子夏答道。她到镜子前晃了自己一眼，双颊绯红，嘴唇鲜润，似乎，真的，好像还不错。

她没有打算报警。报警会成为别人的一个提醒，一个例证，也会成为一则新闻，一种谈资。她并不惧怕被别人指点，但她也并不想去招惹这样混沌的热闹。当自己能够把这件事情消化的时候，她不想去把它扩大化。另外，她也不想用报警的方式把那个男人敌对起来。他并不是一个坏人，她觉得。尽管他抢劫了她，也强暴了她。

跳出她的窗户，他会是怎样的一个人呢？他的身板很直，也很健。他的嘴里有一种烟草的香味儿，在行动前，他一定是抽了很多烟。这种香味儿很干净，在抽烟前，他一定没有喝酒，也一定刷了牙。有些男人的烟味儿是很浑浊的，远远地就让人觉得刺鼻。这种香味儿也很柔和，像是谢英抽过的一种叫"散花"的烟。由于这个牌名的悦耳，当时她还特意把烟盒拿过来看了看，闻了闻，因此对这种烟的味道有所记忆。对于作案的过程，他一定是精心筹备的，但是在行动前和行动中，他却一直没有远离情绪的紧张。他并不是一个擅长此道的男人，那么他为什么要来冒这样的险？他经历了什么？他一定是个有些故事的男人，他的故事超出了子夏的想象。他的脸是方形的，五官很平淡，但是也很耐看，有点儿像影视演员尤勇，乍一看似乎有些凶凶的，但不知怎的再看看总让人觉得还是善。入室抢劫这样凶的事情，他从开始做就没让她多么胆战心惊。他强暴她的时候，开始还是很有些粗鲁的，可是后来他也许也判定了自己的处境并没有什么实质性的危险，就变得温情起来，但是他的温情并没有削减他的力度，于是二者巧妙地融合让子夏品尝到了意外的快乐。

为了金钱破窗而入，他原本就是一个抢劫犯。为了自保委曲求全，她原本就是一个受害者。但在身体缠绕的那些时刻，她不得不承认，他们都只是男人和女人，再简单不过，再纯粹不过。这种简单和纯粹，她不能否认是一种享受。即使，他们是如此陌生。

但或许，这种享受的源泉，也正是他们的陌生。

子夏的脸红了。那天妈妈说她看起来精神还不错，是不是因为她从中品尝到了一种快乐？是的，她品尝到了快乐。她没有必要对自己也撒谎。这种快乐是她不打算报警的另外一个原因。在整个事件中，她不是一个单纯的受害者。她的身体在强暴这个环节上是不拒绝的，甚至，是喜欢的。对此，她无罪可讨。那么，剩下的只是四百多块钱的损失了，而拿走这钱的又是一个并没有完全丧失良知的和她有一夜欢情的且已经承诺还要把钱还给她的男人，她为什么还要去报警呢？从各种角度考虑，她都不打算报警。她想起曾在报纸上读过的一篇犯罪纪实，那个罪犯是个采花大盗，记者问他为什么越做越大胆，他说："因为那些女人都不敢主动去报警，她们都怕丢人。她们不报警，我有什么可怕的。"报道下面，编辑发了很长一段"编者的话"，劝责那些被伤害的女人们不要恐惧传统封建思想的桎梏，要勇敢地拿起法律武器为维护自己的合法权益而斗争。子夏知道这些话有它的道理，不过她也觉得这些话离自己很遥远。她不会用这些话来指导自己。只有自己的态度对于自己才是最重要的。她只想以自己的态度去处理自己的事情。

那实在是一个不同寻常的夜晚。一次次，躺在办公室的长沙发上，子夏都会在期盼的想象中自然地交织着那个夜晚的情节，像老牛反刍一样咀嚼着那个夜晚的一切，觉得真是不可思议。他是不可能再来的。子夏知道。可越是这样她就越是想象着他来时的情景。这种最不可能的想象像一支全新的舞曲，让她百跳不厌。如果他来，子夏想，那他会是个多么天真的罪犯，他天真的罪对她而言，是多么多么好啊。她碰到的所有男人里，有哪一个能比得上他的这份胆大妄为的天真呢？

　　子夏的第一次是给了高二时的一位老师。因为原来的班主任怀孕分娩，校方不得不让另一个化学老师代理班主任。子夏是化学课代表。事情发生得特别突然。一个课间，班主任让子夏午饭后早点儿上学，顺便拐到他家。说有事商量。子夏答应了。中午，她如约到了班主任的家，一进家就见一桌酒菜在客厅摆着，只有班主任一个人。他神情抑郁，问子夏知不知道为什么找她来，子夏说不知道。抬头看他，却见他朝她伸出手，一下子就把子夏揽进了怀里，说他自从接管了这个班，就喜欢上了子夏，无论是睡着还是醒着，眼前心里全是子夏的影子。他觉得自己再不说就要疯了。他说他不会求子夏什么的，只要她给他单独见面的机会他就会很满足。他把子夏击蒙了。在子夏的心里，他是那么一个温和勤谨的人，妻子温柔，儿子可爱，同学们私下里还叫他模范丈夫，他怎么会对自己有想法呢？……子夏一边好奇着，一边居然也有一种成就感。当然她也本能地躲避着他，可师生共处，有许多事情是躲不掉的。在她去送作业的时候，取考卷的时候，他就会把她留下，向她倾诉自己相思的痛苦。出差的时候，他也会偷偷给她买各种各样的小礼物，久而久之，子夏由厌恶到麻木再到接受直至视为一种隐秘的温暖。两人的关系越来越近。终于越过雷池。之后两人如胶似漆，子夏的成绩一落千丈。

同学和老师们的议论也越来越多。对这些议论，子夏是不在乎什么的，班主任却有些惴惴不安。一天，他检查晚自习的时候，发现子夏正和几个同学聊天，便抓住时机，将子夏训斥了一顿，事后他向子夏解释说这是消除谣言的有效策略。子夏无语，突然觉得一切都是那么可笑、滑稽和荒唐。在子夏的强烈要求下，父母给子夏转了学。转学不久，子夏发现自己怀孕了。她把事情告诉了两个姐姐，子秋和子冬给她打着埋伏，做了流产手术。

这件事让子夏很长时间都不敢再碰触爱情。直到参加工作的第一年，在公共汽车上因为同时给两个老人让座，她认识了一个男孩，渐渐有了感觉，两人谈起了恋爱。后来那男孩去乌鲁木齐做工程监理，时间很长，大约得半年多。两人暂别后，他一直给她发短信，每天的短信都要把她的手机撑爆了。他恳求她来乌鲁木齐看他。那时候子夏在工作上是生手，事情特别多，也根本请不下假，想着他的惦念，心里一急，就把工作辞了，去乌鲁木齐和他相见。到了乌鲁木齐的当天晚上两人就住在了一起。第二天早上，他去上班，让她在宿舍等他。他一走，她就等来了一个女孩，那个女孩拿着一张医院诊断书，说她已经怀孕了，孩子是他的。他对子夏忏悔，说不过是一时寂寞。那女孩说如果他不娶她，她就怀着这个孩子去自杀。此情此景，子夏只能勒令自己尽快退出。退出得越快，就被损耗得越少。

从那以后，子夏一提爱情就会发笑。

"爱情会让人忘记时间。时间也会让人忘记爱情。"她如是说。

当然男友还是要交的，不交太冷清，不交也没面子。"爱情么，就是吃个饭，睡个觉。"她这么对子冬说。

说得简单，做起来却不是那么容易。麻烦之处在于她和那些男人们都不仅仅满足于吃个饭，睡个觉。熟识的男女之间只吃饭睡觉而不谈爱情，彼此总会觉得有些难为情和不甘心，仿佛白嫖的春客和无偿的妓女。那就让爱情出面吧。可把爱情抬出来就会知道结果更糟糕。因为哪一次的爱情都经不起推敲。后来她摸到了门道：爱情只是一个旗号，打着爱情的旗号吃饭睡觉，可以更心安理得一些。就是这样。

由此判断那个男人。他多么好。和爱情无关，和吃饭无关，只和身体有关，只和睡觉有关。只有男人的身体。只有睡觉。多么干脆和简洁。

从这个角度，子夏知道，其实自己根本不想忘记那个夜晚。

2

夜很静。子夏躺到十二点钟，正准备起身关窗入睡的时候，听见窗户上传来一种声音，声音很小，但是很清晰，像鼠牙在认真地咬噬着什么。她静静地等着。男人掀开窗帘，跳进屋。两人相顾沉默。

"你的钱。"男人说，"都在这信封里了。"

子夏伸出手，两人的手碰了碰，又碰了碰。这两碰把子夏早已满是浆汁儿的身体碰开了口，钱掉在地上。他抱住了子夏，子夏任他抱着，任他掀开她身上的浴巾。黑暗里，她看见男人眸子的亮光。

起风了。窗帘被风吹着，如摇曳的旗。风越来越大了，把其他纷纭琐碎的杂音都囫囵吞进自己的肚里。子夏觉得自己就像风中的树枝一样舞蹈着，她忽然是那么感谢这风，这风让她感觉安全。

"往后别来了。最后一次。"风停下的时候，子夏说。

"你真的这样想？"

子夏沉默。是的。她知道自己撒了谎。

"你是做什么的？"

"就在建筑队，"男人指指窗外，"正在别的地方刷房子呢。"

"你是哪儿人？"她又注意到了这似曾相识的口音。

"吴瓷县。"男人说。子夏蓦地想起来，张宏就是吴瓷县人，只是他的方言味儿淡化得几乎已经没有了。有一次他的老乡来找他办事，他不在，子夏和那个人聊了几句。难道这个人和张宏也有什么关系么？她立刻毙掉了自己的联想。吴瓷县几十万人呢，哪有那么巧？

"那天是你的第一次吧？"

"是。"

"怎么把我当成了目标?"

"这个么……我以前来你们这里收过废纸,看过你们的值班表,知道你一个女的,在二楼。要下手最容易。"男人叹口气,"我运气还真不错。你真好。"

子夏笑了。

"我好什么?"子夏说,"因为我怕你摔断了腿?"

"不单是这个。"男人说,"其实刚进屋的时候,我就是想要点儿钱。后来不知道怎么,就想和你睡。睡的时候我就想,能和你有上这么一回,就是坐牢也值。"

"怎么走到抢钱这步的?"

"不说了。"男人说,"反正是没办法。"

"那你怎么真又给我送了回来?"

"我答应过的,当然得给你。"男人说,"还是那天的钱,我根本没动。其实当时我就已经不想拿这钱了。"

"为什么?"

"因为你好。"

"那你怎么还拿?"

"要是不拿,又觉得好像是单为和你睡才来似的,有些不好意思。"

"不好意思就不要睡。"

"非睡。"男人翻身又压上来。子夏抱着男人的头,让他贴在自己的脸上,忽然觉出一种从未有过的亲切和酸楚。这个不知名的男人温热着她,她被一个不知名的男人温热着。他和她的温热是如此的单纯和朴素，又是如此的荒谬和传奇。每个人都是孤独的。如果寻求身体的欢愉必得等到上帝分给我们的另一半，那未免要有太长的时光都要沦陷给寂寞了。也许，仅为着一瞬间的相互取暖，这种艳遇就该可以拥有被原谅和理解的因由吧。子夏突然这么想。她还觉得，和这个陌生而又切近的男人相比，以往所有的情事存在似乎都淡成了一缕青烟。

"以后别来了。"最后，子夏又说。她冥冥之中觉得自己应该说这句话。

"你要结婚了？"

子夏笑了笑。

男人翻身出窗的时候，微茫的月光正洒在子夏的窗户上。子夏静静地看着那月光里男人摆动的身影如一尾鱼，看了许久许久。

3

结婚前夕，韦兵托子春给子冬送了一块梅花表。这表各大商场都有专柜，据说远在一八五一年，精密制表工业便在瑞士格林肯小镇萌芽发展。许多世界著名的表厂纷纷成立，为瑞士格林肯奠定了经济基础，梅花表便是其一。瑞士梅花表厂是典型的瑞士表厂，于一九一九年由史洛普家族在格林肯成立，相传三代，至今依然由史洛普家族所拥有及经营，是现今极少有的独立家族制表企业，为瑞士制表工业做出了极大的贡献。梅花表的零件一直由一些对质量有严格要求的供应商提供。例如机械表的发条只要使用时注重保养，可于二十年后仍保持其弹性。此外，梅花表于大多数的金色款式均电镀上十至二十微米厚的镀金，以确保表身色泽恒久；至于表面宝石的镶嵌更是采用传统的珠宝工艺镶嵌方式而非普通粘附。整个精密的制造过程完全在梅花表厂内进行，确保了零配件的优质管理和控制，也确保了出厂产品的最佳质量，大大提高了品质的保证。虽然这样令梅花表成本相对提高，但也为梅花表带来卓著的声誉。由于机械表的制造容纳了高层次的精心匠艺，因此每一只梅花表，都具有长久保存价值。

这样好的表自然价格不菲。最一般的也得五六千。韦兵送的这一款为圆形设计，拱形表盘有着精巧勾画出来的分明线条，巧妙地糅合了古典美的力量及当代活泼的风格。表盘上的指针及时间刻度亦随表盘的弧度而趋势圆润，深度衬示出防反射的拱形蓝宝石玻璃的晶莹璀璨。子冬让子夏看了看，子夏说这只表大约也得万把。

"拿着吧。总归是人家的一份心意。不要人家的爱情，礼物要要是没关系的。"子夏道，顿一顿，又补充，"还能升值呢。"

"那就更不能拿。"子冬道。

"你不拿对他来说是又一层伤害。"

"可有些伤害是必须的，且是有长效意义的。"子冬说。

"比如?"

"医生的手术刀。"子冬道，"不仅必须被伤害，还得拿钱人家才肯伤害呢。"

日子很快到了。两人各自在单位请了公休假。要按乡下习俗，得先还有好几道程序：小订，下大聘，装箱等等。小订就是两家人先认识一下互送定礼，下大聘就是女婿给丈人丈母送厚礼，装箱是在结婚前女方去男方家把陪嫁的柜子装满东西。总之烦琐细致，讲究甚多。子冬和耿建早就商定，不举行婚礼，只在当天把子冬家人和近亲请到耿家吃顿饭，就算把姑娘送过了门。当天，耿建租了一辆依维柯，把子冬一家人和子冬大伯一家都载了过去——他们严格遵守了子冬的警告，没让一个外人知道。一路上庄稼是庄稼，菜园是菜园，玉米、大豆、高粱都长势欢喜，西红柿、黄瓜、西葫芦、茄子，红是红，黄是黄，绿是绿，紫是紫，千娇百媚，一派田园风光。很快到了耿建家。一进门子冬就发现耿家里里外外都是人，热闹极了。大门上，大门背面的门板上，水缸上，窗棂上，大红双喜字处处可见。新房的墙外挂着一条大红床单，她飞快地溜了一眼，上面是一挂红纸，写着各色人等的名字和任务，有坐礼桌的、放炮的、洗碗的、担水的、上菜的……全不是自己事先和耿建约的那种悄无声息，风轻云淡。这让子冬十分懊恼。

　　"哪个是新媳妇?"

　　"大红的。"

　　"那粉的呢?"

　　"是新媳妇妹子。"

　　"都俊着呢。"

　　"那是。不俊会舍得摆三天宴席?"

　　……

还三天宴席。子冬的懊恼越发有些重了。

两亲家在堂屋里见面，落座，虽是城乡有别，却也相谈甚欢。把懊恼掖在心里，子冬陪着坐了一会儿，回到新房，子秋子夏和子春夫妇陪着她坐在新房的床上，被人川流不息地看着。看子夏的人比看子冬的多。子冬的大红裙装样式很一般，也没有任何绣饰，简单明了。买的时候子夏就说太普通了，子冬说要的就是普通，太夸张的婚服结完婚就不能穿了，这套虽平常，参加完婚礼还可以再穿。实惠。子夏无奈。不过她可不会委屈自己。伴娘没有别人，只能是子夏。因为身份贵重，子夏便着意打扮，盛装出席。她穿着一件粉红旗袍，上身绣着八宝寿山姜牙立水，下摆绣着万福团寿锦凤彩云，看起来明艳逼人，喜气盈盈。子春夫妇议论说她这些图饰属于鲜明的清代风格，如果她没记错的话，属皇贵妃专用。子夏很得意。子冬没好气道："有什么好得意的，皇贵妃也还是小老婆。"子夏看了看子冬的脸色，道："你好奇怪。今天是你大喜的日子，怎么这么找茬？"摇摇头，将耿建拽了来，让他与子冬合影。两人合了几张。子夏便抱着耿建的肩，姐夫长姐夫短地叫着，也合影数张，热情得让耿建红了数次脸。

正热闹着，子秋突然接到了一个电话，神色严峻起来。转脸对她们说，在西安的二伯几天前犯了脑栓塞，很严重，医院一天下一次病危通知书。今天刚刚过了危险期，才告知他们。现在还不会说话。情绪不稳定，大约是觉得自己大限已到，总是表达想再见子秋一面。子秋在西安读的大学，受惠于这位二伯很深，因此听到这个信息自然也就格外休戚相关。子夏说那赶快和二老商量商量，子秋道："这时候什么也别说，子冬的好日子，别扫了喜气。反正也没有生命危险了。等我回家再慢慢和他们说也不迟。"

中午过去，娘家人该告辞了。子冬跟着耿建，将母亲父亲哥哥姐姐妹妹伯父伯母送到门口，在一片再见声中，忽然看见母亲红了眼圈，子秋和子夏也眼内珠水盈盈，忽然想起子春和子秋结婚的时候，母亲也都哭过。那时她心里虽然也难过，却还是不怎么明白。当时也觉得无非是举行一个仪式罢了，结了婚，儿子还是儿子，女儿还是女儿，只要和以往一样常回家看看，住住，和母亲多聊聊，就什么都有了。现在，这眼泪该为她流了。她忽然明白：仪式只是个仪式，然而仪式也绝不仅仅只是个仪式。很多时候仪式就是分水岭，仪式就是标志牌，仪式就是内容的封面。仪式之后，许多事物的本质就开始发生悄无声息的改变。虽然看起来仿佛还如同从前，然而再也不会回到从前。

怀着伤感和不悦，子冬回到屋里就倒在了床上，晚饭也没有吃。直至家里客人散尽，耿建才回到新房，开门见山地问她是不是因为家里大摆筵席而郁闷，口气坦诚真挚。子冬倒觉出了自己的小气，便缓和了脸色，问耿建为什么要请这么多客人，这不是明知故犯，违他们的私约么。耿建赔笑道："私约是私约，公理是公理，父母我真是管不来。我妈说家里以前已经出了那么多礼金，就我一个儿子，要是不办就太亏了。我也想了想，乡下的亲戚都和城里没干系，知道我们结婚也无妨。也就随他们乐。"完了又慢吞吞掏出一个信封，说是收的礼金，一万三千四百五。要他们去旅游。鉴于他理亏在前，去哪里玩由她决定。子冬接过厚厚的信封，一时无话。很快便换了心情，又孩子气地和耿建讨论起了旅游的目的地。先说去九寨，耿建建议说去丽江。子冬不听，后来想起，这些钱一次根本用不完，便道："现在去九寨，散伙去丽江。反正也是要散伙的。"

"如果散不了呢？"耿建逗她。

"没有理由散不了。就是为了去趟丽江也得想办法散。"子冬说。

"有道理。"耿建颔首。

因为耿建常年在外，在村里没有相好的朋友，所以这新婚之夜很是素净。两人又累又乏，搭头便睡，一夜无话。早晨起来，相对而笑。一男一女，睡了一夜居然毫无感觉，这算怎么回事？真是有些滑稽。不过，再想想，这却也是让彼此更放心的。

第二天他们便坐上飞机，直奔九寨。九寨之旅倒是简单明爽。本来子冬担心共住一室的事，不料这个团里刚好有两个散客，一男一女。于是耿建和男人一间，子冬和女人一间。白天两人同游，晚上各自睡去。

女人已经年过四十，还没有结婚，问子冬和耿建是什么关系，子冬语焉不详地说是合伙同租房子的人。女人笑笑，不再深问，只说很多人的婚姻不过就是合伙同租房子，所以她不打算结婚。说这话的时候，子冬和女人正站在九寨沟的镜海边儿上。腐朽了的树木倒在宝蓝色的湖泊里，根须细腻，枝杈安详，如同一具神奇的植物标本，而这湖就是一汪庞大的福尔马林液。子冬感慨说没想到水中的朽树会有如此绮丽的形态，女人悠然道："你不觉得，许多勉强到老的婚姻也是这样么？只要有时间作怪，都可以成就一幅韵味无穷的浪漫晚景。"子冬看着水中的树，不知道该如何作答。她转身去找耿建，看见耿建似乎也正在找她，便走过去，问是不是需要她帮忙拍照，耿建郑重道："我建议我俩拍个合影。不然一张都没有，回去不好向两家人民交代。"

第六章

1

子秋没有想到，会在火车站碰到荆漫。

二伯已经出院，身体康复得不错。后来也打过电话，要子秋不必再往西安跑，可子秋想到人一上了年纪便如此未卜，便有些心惊，决定去看看二伯。老宁夫妇也积极要求一起去看看哥哥，顺便实施旅游计划。于是，一个周末，三个人便动身来到火车站。谢英一直在努力复婚，送站是必然的。到了火车站，时间还早，四个人拎着行李正在候车室里百无聊赖，看见荆漫拎着箱子走进来。谢英上去招呼，才知道他是去西安出差。

已经十点半了。火车到站的时间是十一点十分。荆漫让谢英回去。"明天还上班呢。我照顾他们吧。怎么？子秋跟着我你不放心吗？"他笑道。

话赶到这里，谢英就走了。

候车室里很拥挤，她和他站在了一起，如他的妹妹。老宁夫妇和他们站在一起，如同父母。他拎着一个箱子，她拎着两个。他走开，一会儿又回来，把她带到几个相邻的空座位前，一字排开坐下。他们对了对车票，都是软卧，老宁夫妇在一个软卧间，是相对着的两个下铺，子秋和荆漫是在隔壁的软卧间，子秋上铺，荆漫下铺。他们这里不是大站，列车一般只给他们留五六张卧铺。他们能买到一起是很自然的。他是领导，能买到下铺也是很自然的。

自然是自然。然而再自然，子秋也还是没想到。认识了荆漫，心里有了荆漫，就是一个接一个的没想到：没想到他是这样，没想到梅是那样，更没想到，自己还有机会和荆漫同居一室。更准确一点说，是同居一号。

把你们的票给我，我们一起检吧。荆漫说。他细心地把票装在上衣内袋里。仿佛天然的，她就需要他的照顾。子秋知道，她的两件行李，他也一定会替她拎一件。

他在候车室看电视的时候，子秋盯着他后脑上微鬈的头发，仿佛那小小的黑色的旋涡把她的心也卷了起来。当然，卷得很短，但是一浪一浪的，很是连绵。

他们聊天，聊得很闲散。是最真正意义上的聊天。他讲他的工作，他的人际关系，他的下属们的特点……一五一十。仿佛子秋是一个同性。子秋心里又甜润，又委屈——这是替自己委屈。聊天的当儿，他也没忘了看进站提示牌。他是那么知道事情的主次：聊天是为了等车，等车不是为了聊天。聊天是聊天，最重要的还是坐车。他就是这么一个正常的，好像永远不会失态的人。

他聊起了岳丈的病。这话题有点儿接近了子秋最在意的核心。子秋突然特别想问问他：他怎么会娶梅那样的女人？难道真如人们所说的有借力的因素吗？可这个问题太冒失了，太有可能让荆漫难堪了。她是心疼他的。与这心疼相比，她宁可杀死自己的好奇心。

然而荆漫仿佛知道了她的心思，主动谈起了梅的脾气。不过只一句：

她有点儿神经质。

只这一句，他就沉默了。没有家长里短的例证，也没有鸡零狗碎的旁注。子秋多渴望听听这句话里面的五脏六腑，可他就是没有。

那当初，你们是怎么走到一起的？子秋终于厚着脸皮问了出来。

奇怪是吧？荆漫笑了。荆漫的笑像一根短短的骨头，戳穿了子秋问这句话时尽量平和的语气。她刹那间懂得：他原来是这么明白，在她心里，他们的婚姻有多么的不相称。

那年，我刚大学毕业回到家，我妈妈的同事就把她介绍给了我。我当时还没有女朋友，就想着和她处处试试。不行就算了。后来发现果然不行。我下午提出的分手，她晚上就割脉自杀了。

于是，荆漫笑，继续说：就分不了手了。越分不了，就越没办法分。一直到现在。

子秋的眼前闪现出梅腕上那道暗红的疤。是。梅的泼撒得狠。穿鞋的怕光脚的。以荆漫的性情，最没办法对付的，就是这个。有无数人都是这么从过去走到现在，还将一直走到未来。这样比起，当初她和谢英的状态，简直是童话中才有的幸福。

按说，她父母修养也应该是很好的，她怎么会有这样的脾气？

她父母说，那时他俩工作都太忙，没人管她。荆漫的眼睛盯着自己的皮鞋：她是保姆从小带大的。她受的人生教育，就是那个保姆的人生教育。

子秋不语。心里一刨一刨。保姆的人生教育也未见得不好，只是，不该这么塞给荆漫。

我也知道，人们都以为我跟她结婚是图她父亲的权势，我懒得解释。其实，和我一样工作资历的人，谁都比我提得快。荆漫以他素有的坦白眼神，看着子秋：随他们说去吧。那些人总是有话可说的。

聊着聊着，他忽然拍拍脑袋，说才想起来软卧有专门的候车室。然后他拎起了子秋的一件行李，两人一前一后把两位老人带到软席候车室。然而还没有站稳，就该进站了。子秋跟着荆漫走，她会时不时地碰到他的胳膊，他的背。衣服隔着，她不可能和他有任何的皮肤接触。子秋看着他的衣服：咖啡色的毛衣，藏青色的外套，是最一般的那种男款。

他们站在站台上等车。远处，火车的灯雪亮地照过来。他往后退，一边伸出胳膊，示意子秋也往后退。子秋作势轻轻地退着，脚却蹭着，蹭着，不动。胸脯几乎要挨着了他的手。她的心骤跳起来。那一刻，她真怕自己的心跳到他手上。如果跳出来，只怕不会有血吧？只怕，也是水泡着的，湿漉漉的吧？

车到了，他大步流星地往前走着。她一边招呼着父母，一边紧紧地跟着他，走得有些气喘。看着他走得那样快，子秋就觉得很喜悦。他的平稳健康，生机勃勃，让她觉得很是安慰一样。

找到铺位，放下行李，他两脚踩着下铺，往行李架上安放行李。子秋想要帮他，却也帮不上。她眼看着他把她的行李和自己的行李一个个擎了上去，紧匝匝地挨在了一起。她看着，不知怎的，就想微微笑。

他很当然地把下铺让给了她，自己上了上铺。她把他的鞋子码好，放在下铺床底。

她故意放得很深。

他们各自在铺上躺好，打开墙灯，看书。她眼睛看着书，心里却长出另一只眼睛瞄着他。看了一会儿书，他果然要下床来了，子秋听见他双脚先踩在她的铺上，然后坐下来，用脚去够鞋。鞋放得那样深，自然是不好够的。子秋敏捷地起身，把鞋子取出来，放在他的脚下。那一瞬间，子秋挨到了他的脚，他脚上淡青色的丝袜。

荆漫有些不好意思，好像想要说些什么，终是没有说出来。他伸出脚，穿上鞋子，转身出去。肩背上传达出一阵微妙的拘谨。

她挨到了他的脚。这是他们最亲密的接触了吧。

荆漫回来，两个人继续在各自的铺位上看书。子秋突然是那么想和他换换书看。她就想看他的书。什么书都好。数学物理微积分都没关系，只要是他的书。可她不好意思开口。没想到他却先问了：子秋，你什么书？

子秋连忙起来，把书擎给他看。她的书是《搅水女人》。她期望他能开口要求换书。子秋打定主意，即使他不开口，她也要开口。他却遂着她的愿，道：你看完了没有？

子秋按捺着心的跃动，说：看完了——这是实话。可话一出口，子秋就觉得这个回答显得自己太迫不及待。又道：这本书很耐看的，我反复看了好几遍，很喜欢。说完，她又开始痛恨自己此地无银三百两的解释，这么笨。无药可医的笨啊。

我的是《菜根谭》，满纸古语，怕你不爱看的。荆漫说。

不，我喜欢这样的书。子秋说。

换过书来，子秋偎在铺上，就着灯光，一页两页地翻着，心里充溢了喜悦。平日里，话都没机会多说的，今天却是既单独相处，又说了那么多话，甚至她睡了他本该睡的床，离他的鞋子和书都那么近。真是荒景里碰上了丰年，让她的心要吃个饱。

想着想着，子秋便贪婪起来。她想，他在上铺，挂衣服的地方一定不宽裕吧？如果能把他的衣服接下来，就更好了。

犹豫了犹豫，子秋还是起身问：你的衣服好挂吗？要不然，挂在下面吧？

不用。挂在这里挺好。

我这里有地方。我的衣服不怕皱，不用挂的。

不用。真的不用。

荆漫向下看着子秋，眼神温和极了。子秋突然不敢再看那样的眼神。她怕自己会被淹没。是的。那样高的水，温柔的水，朝她倾泻下来的时候，就是瀑布。她受不了的。

关了灯，子秋许久没睡。荆漫不给她衣服，除了不想占她的地方，肯定也是因为不想让她夜里操心。他的衣服里多半装着一些贵重东西。那就替他看一会儿吧。她听见荆漫轻轻的鼾声响起，却很久都没有睡去。

子秋是把《菜根谭》抱在怀里入睡的。

一觉醒来，车已经快到站了。人们纷纷去卫生间，子秋排了一会儿队才排上。她拿着毛巾洗了一把脸，又动了小心思：让荆漫也用用自己的毛巾，留一些气息给自己的毛巾。子秋把毛巾洗了又洗，用香皂打了又打。一直打到后面的人催她：小姑娘，你就是不在乎水，也得在乎毛巾啊。毛巾照你这样搓，两天就得破一条。

子秋把毛巾递给荆漫。

不用，我有。荆漫说。他挥了一下自己手里的洗漱袋，有点儿羞怯地在空中划了一道线。仿佛子秋这样的殷勤已经让他太不安了。他绝不能让自己越过去。

子秋把毛巾折好，装起来。有点儿黯然：自己的这份单恋，也是如此吧？再怎么清清爽爽，再怎么淡淡香香，也只是自己享受，自己知道而已。然而她也笑自己：怎么那么得寸进尺呢？

已经够了。

出了站，打车。荆漫义不容辞地坐在前排，摆出一副要付账的架势。子秋没有言语。她喜欢他这种架势。她喜欢他为她花这么一次钱。女人身边，就该有这么一个为她花钱的男人。

他一直把子秋送到二伯家门口，才告辞。子秋坚持要把他送下去。他不肯，子秋不容分说地跟着他进了电梯。电梯里只有他们两个，子秋突然觉得有些窒息，她希望荆漫能说说话，但是，荆漫始终沉默。

走出电梯，两人握手，又告辞了一次。看着荆漫的背影越来越远，子秋摸了摸自己的手包。他的书，还在她的包里。她没有还他。从拿到的那一刻，就没有打算再还他。幸好，他也忘了。

子秋看看自己的手，白皙娇嫩，微雀点点。是一双保养得很好的手。这双手，刚刚握过荆漫。她不由得想起一首儿歌："人有两个宝，双手和大脑。双手会做工，大脑会思考。"脑想为虚，手做为实。对于自己这么一个虚想了太多的人来说，手是多么重要的实啊。无论白天，还是夜晚。

2

已经很久了，子秋的夜晚都是和自己的手度过的。

谢英是和子秋进行肌肤之亲的第二个男人。第一个是在大学期间。其实那时子秋已经临近毕业了，一天晚上，一个男生忽然来找她，给她一个本子，上面画的全是她的速写：站着的，走着的，跑着的，嗔着的，笑着的，沉静的……他说他是美术系的。扉页上写了一段话："你不知道我是谁，这并不要紧。你可以把我看作从你身边走过的每一个陌生的人。"子秋真的并不认识他，但是一看到这句话，子秋心里就涌起一种无名的酸涩，她哭了起来。他们走下楼，在偌大的校园里散步。走到一个小花圃里的桂树下时，那个男生抱住了子秋，他们躺到了地上。夏天，他们穿得都很薄，不知怎的他就和子秋贴在了一起，他一点一点抚摸着子秋的身体，亲吻着，用他的下体顶撞着子秋，但是他没有进去。子秋的腿挺得很紧。后来，她擦着那男生满身的汗水，忽然觉得十分难过，就把腿分开了。但他还是没有能够进去。他们就这样缠着，缠到深夜。第二天子秋在宿舍里醒来，闻着头发上淡淡的青草味道，觉得像一场梦一样。

她再也没有见过那个男生。

和谢英是在快结婚的时候，子秋打开了自己。谢英家人多，他们只有在子秋的宿舍里。宿舍两边隔壁都有人住，墙不断音，所以他们每次都很紧张，总是匆匆了事。谢英总是意犹未尽，子秋则是警惕与新鲜并存，警惕大于新鲜。婚后，他们在自己的房子里充分放松，很快找到了感觉。有时候，谢英会一夜做两三次。"像压缩饼干在胃里被泡开了，性饥渴啊。"谢英这么形容自己。而子秋则在谢英的热情开发中，渐渐尝到了愉悦和甜美。为了把两人世界的这种幸福延长，他们说好三年之内不要孩子。两年之后，他们的浓甜渐渐回归到了正常的指数，没有当初的那么贪厌，但也还没有陷入疲惫和衰退。就在这个状态里，他们离了婚。

这之后，子秋的夜晚就开始和自己度过。其实在漫长的少女时代，很多夜晚似乎也都是这么度过的。起初子秋也以为，自己不过是从单身又回到了单身，和以前没有什么太大的不同，就像一湖水，投了一粒石子，荡了几圈涟漪，又恢复了伊始的平静。但是，慢慢地，她才感觉出来，一个人的夜晚已经失去了自己怀想的那种单纯。湖面平静了，但是石子还在，它不动声色地在她的房间里掩藏。白天时它销声匿迹，晚上就出来把她笼罩。它已经成为子秋的一种习惯。它使夜晚不再是子秋一个人的夜晚，而必须是子秋和某个对象的夜晚，即使这个对象的真正实体还是子秋自己。

零食好吃，可不吃也能过。子秋曾觉得两性之间的欢爱就是一种零食。而自己是不怎么稀罕这种零食的。然而离过婚之后，她才发现自己对这种零食的感情并不像自己以为的那么无所谓。这种零食已经让她上了瘾。

为了在萌芽阶段就杀掉这种瘾，她把过去的衣被统统地洗了一遍，想把谢英的气味全部洗掉，柠檬皂的清香也确实让她度过了几个安宁的夜晚。可是一天晚上，她在换枕套的时候，突然在枕芯里又闻到了谢英的气味儿：烟草味儿，汗腥味儿，口水味儿，头发上的油味儿……这是男人的味道，暖烘烘，厚扑扑，壮实实，劲劲道道。是她曾经一夜一夜被缠绕的味道，是她曾经一夜一夜被覆盖被包裹的味道。她把枕芯抱在怀里，抑制不住地开始了自己的狂想。她想起了无数个和谢英在一起的夜晚，想起夜晚里的每一场云雨，想起了云雨里的每一处细节，想起了细节里的每一个动作，想起了动作里的每一缕呼吸……这种狂想一下子把她身体击中，让她潮湿如河。

那个夜晚，她是和谢英一起度过的。她把谢英在脑子里做成了一个文件，选择，复制，粘贴在手指上，让他进入了自己。手指上的谢英有些单薄，有些瘦弱，却很纯净，很温柔。他在她的浅处轻吻，他在她的深处游戏，像金色池塘的一尾小鱼，由沉静到欢跃，溅起她两岸妩媚的浪花。然后，这鱼迅速地被荷花的蕊液和荷叶的清香喂养得粗壮起来，拍打得有力起来，灼热起来。直至越涨越高的潮汐蹂躏了整片水面。直至荷花和荷叶都把它紧紧簇拥起来，让他像一个骄傲的君王。

她就这样以谢英永远也不知道的方式幽会了谢英。以后的很多个夜晚，她都这样邀请了谢英。毕竟谢英是唯一和她有过真正肌肤之亲的男人。他留下了让她邀请的证据和理由。她也常常会想起谢英嫖娼时的情形，那是什么样的呢？她不知道，她也不能问。她只有想象。她也有能力想象，因为她熟悉谢英的身体。可那女人呢？她不知道那女人的任何信息。于是她就把自己想象成那个女人，想象她如何勾引谢英进门，如何把他拽到里间，如何为他宽衣解带……既然是妓女，她的对象自然就不会仅限于谢英，于是她又开始邀请别的男人进入她的舞池。有的对她略微表示过好感，有的给她讲过一个带色儿的段子，有的用眼风掠过她的裙裾，有的和她只是初次相识，有的甚至只是她在街上注视过的一个强壮的背影，可他们都曾被她仔细选择，复制，粘贴，舞蹈在她深夜的指尖。

在这样的瞬间，她往往也会对谢英的错误达成适度的理解。在那样的异性攻击下，有多少男人会不软弱？如果有人能守住，一定得有一些神仙的基因才行。谢英显然没有这种基因。然而，适度的理解并不等于真正的接受。她对谢英的理解仅限于把自己想象成妓女的那些时刻。当她从夜晚走出，这种脆弱的理解立马就烟消云散了。妓女只是她的一种幻想角色，而谢英嫖娼却是一个不争的事实。用一个幻想角色来接受一个不争的事实还可以被自己通过，但在幻想角色的背景缺失时还傻乎乎地让自己去接受那个不争事实，她就觉得自己太赔本儿了。毕竟，幻想角色不会给人带来真正的伤害，而不争的事实带来的伤害也是不争的。

于是，白天，她中规中矩温文尔雅地和所有的男人打着交道，见到谢英或者接到谢英的电话时依然冷若冰霜。晚上，她是自己盛宴里的主持，风情万种，宠集三千。她在白天和夜晚中自如地转换着双重角色，笑容甜美，节奏分明。她绝不混淆自己的白天和夜晚。白天原则的坚定和夜晚欢娱的超级两不相关。她清楚自己在做什么。她知道，让自己的白天和夜晚泾渭分明是一种最基本的理智，不然，就是一个不折不扣的让人耻笑的花痴。

想象无罪，子秋对自己的想象没有任何的心理负担。她曾在一本杂志上看过一篇关于自慰的文章，文章说有资料表明男人中有自慰经历的达到百分之八十左右，而女人则达到百分之六十。这个数字让子秋忍不住笑了，女性的比例之大出乎了她的意料。看来自己并不算多么出奇。文章还对自慰者给予了充分的理解和关爱，说自慰是一个人对自己的身体的一种自然行为，与他人无关，也不涉及道德不道德的问题。认为自慰者思想有问题的人是陈腐观念的持有者，根本不必去理睬他们。当然，自慰也不是一种值得鼓励的行为，如果有人不喜欢做，那也很正常，因为生活中还有那么多事情需要去做。

子秋喜欢这样的说法，这从科学的角度有力地证实了自己是个很健康的女人。她觉得这种健康的肯定对自己的意义是格外重大的。除了享受这种无忧无虑简单利落的健康，现在的她还能做什么？

　　"先生，请和我跳个舞吧。"每个夜晚，她都会这样对那些男人们说。

　　"舞池在哪里？"她想象那些男人会这样问。

　　"就在我的手指上。"她温柔地回答。然后，宴会开始。

　　当然，从来没有一个男人能够拒绝得了她的邀请。在很长一段时间里，子秋就这样乐此不疲地发送着深夜的请柬，如同发送一封封电子邮件：地址，主题，浏览，粘贴，发送。写信的人是她，收信的还是她。整个过程流畅，简洁，迅捷，利落。效果实实在在，却又是秋波无痕。翻手为云，覆手为雨。子秋不止一次地暗暗感慨：古人的词语真是妙不可言啊。

　　当然，所有被邀请的男人里，荆漫到来的次数最多。到后来，就只有荆漫了。

　　子秋的夜晚是和自己的手指度过的，她觉得这挺好。虽然有时候，她用双臂抱住自己的那一刻，也会突然泪流满面。

第七章

1

"怎么样？床上运动和不和谐？需不需要聘我当个性爱辅导？"子夏经常如此打电话向子冬窥询隐私，同时毛遂自荐。子冬骂她厚颜无耻，子夏说如此周到主动的援助都不珍惜，真是暴珍天物。玩笑开过，子夏问子冬结婚的感觉如何，子冬笑道："一言难尽。"子夏说她吃甜菜说苦话，虚伪。子冬沉默。

真的是一言难尽。不插秧不知道腰板痛，不锄地不知道胳膊酸。结了这桩奇怪的婚子冬才知道：原本是为了解决一桩麻烦，没想到这桩麻烦解决了，其他麻烦又接踵而来。这时候才觉得张爱玲说的话是真的精辟绝伦："生活是一袭华美的袍，爬满了蚤子。"——原来这些蚤子多少年都没有死，现在跳得更加五花八门，姿彩无限。直跳得子冬头晕眼花，目不暇接。

子冬是处女座，星座书上说处女座的人是完美主义者，看见自己的一片头皮屑都会歇斯底里。子冬觉得自己远没有那么变态，都只是正常的习惯而已。但和耿建过起了日子才发现，如果自己的习惯算是正常，那么耿建的习惯就都该是变态。当然，也都是些蚤子般的小问题，类似于韦兵在盘里划拉菜的举动：锅里正烧着菜，他就去上卫生间。等从卫生间回来，菜已经煳了。而且卫生间还没来得及冲。子冬一进卫生间，便看到一片刺目的鲜黄。坐在饭桌边，吃着煳了的菜，心情也就煳了个乱七八糟。还有洗碗，水管里的水哗哗地流着，耿建就敢去看新闻联播。新闻联播看完，厨房也成了游泳池。或者是爱斜着身子躺在沙发上看电视，起来的时候从不打理皱巴巴的坐痕。每次洗澡，浴室地上都会有落发，这些落发拖是拖不干净的，必须得捡。他的头发又短又碎，捡起来十分困难，子冬每次都捡，却发现耿建从来不捡。

这些事说过两次，耿建唔唔答应着，过后就忘了。子冬不好意思再提，自己随手也就做了。但做多了，子冬也觉得郁闷。也知道平常夫妻免不了会有这样那样的琐碎矛盾，可人家毕竟是真夫妻，血肉相关。让也就让了，让得值得，惯得也值得。有天长地久的意思。她和他算什么？充其量只是两个搭伙的人，是合作者，地位平等，利益均沾。凭什么她就该老这么让着他？于是又想到老成。便暗暗庆幸自己当初的利落决断。若是和老成继续好下去，即使能修成正房太太，恐怕自己也受不了他的一身毛病。对他的毛病，短暂的忍受是好玩，是新鲜，是宽容，是自我牺牲的壮烈和伟大，但要真过起来，还真不知道自己能将就多久。

子冬决定好好地跟耿建谈一谈。就从捡头发开始。子冬谈这个问题时，耿建刚刚洗过澡，湿着头发窝在沙发上看足球赛，赛场上那个笑脸朴素满头小辫的罗纳尔迪尼奥正在表演让人惊叹的桑巴脚法。耿建好不容易把脸转给子冬，表情迷茫道："会有什么严重后果么？"子冬没想到他会这么问，怔了怔，道："碎头发积多了，会堵下水道的。"耿建慨然道："要是堵了，我负责通。"子冬道："要是你出差呢？"耿建断没有想到子冬会这么较劲儿，道："那我打电话让别人来通。"子冬道："要是你手机没电我联系不上又急着用卫生间呢？"耿建看着子冬阴阴的脸，道："你到底想说什么？"子冬道："我想说的是，你干吗明知故犯？你干吗不防患未然？"耿建噎了好久，道："知道了，下次注意。"子冬道："一会儿中场休息的时候，你就去捡吧。我已经替你捡过十八次了。"此时耿建讥讽地笑了笑，道："是吗？那我也替你捡十八次。"子冬硬硬道："好。"

那天，子冬洗过之后，耿建来到卫生间，第一次认真地观察了一下卫生间的地面。蓝白相间的格子板砖上，细看果然有一根根散乱的头发。耿建蹲下身，睁大眼，一根根地捡了半天，捡成了细细的一束，然后拿在手里。灯光下，这些柔软头发呈现出一种栗子般的光泽。

以后几天，卫生间没有了遗留的落发。子冬的心情慢慢地舒缓过来。周末晚上下班，子冬回到家，一推门就闻见一股扑鼻的鸡香味儿。朝厨房看去，耿建朝她满面笑容地打招呼："回来了？"子冬刚想笑着答应，脸却僵住。耿建没换衣服，穿的是那件白色的利郎休闲男装。他知道那件衣服多难洗吗？他也没关厨房门。他知道油烟味儿串到客厅里多腻人吗？子冬放下包，赶到厨房。厨房里的情形更让她火冒三丈：菜叶和姜皮都掉在地板上。为什么不用垃圾桶？垃圾桶是做样子看的吗？更可怕的是白菜板上居然有粉色的肉屑。他居然在白菜板上切生肉！告诉他多少次了，橱柜里还有一个红菜板，那才是用来切生肉的。菜板一定要生熟分开，不然很容易染上细菌……都是平时磨破嘴皮子的话，他听进去了几句？

子冬正在恼怒的时候，耿建却不知趣地在灶前忙活着，大约以为自己的行为把子冬感动得惊呆了，眉宇间荡漾着一股单纯的得意。说话间，菜已告成，耿建关了气灶，把菜盛盘，又夹出一块鸡肉，送到子冬面前，道："尝尝味道怎么样。"子冬闪开他的筷子，道："你总筏没有关。"耿建怔了怔，把天然气总筏关掉，又把鸡肉送过来，子冬依然闪开，道："怎么不用红菜板？"耿建一傻，笑道："我家里整天就一块菜板，也没见谁得过病。再说，我煲了这么久的汤，也等于高温消毒了。"子冬道："这么说你还有理了？"耿建把筷子落下来，道："子冬，你不觉得你太过分了点儿吗？"子冬道："我就过分了怎么着？"耿建一怔，把筷子哗地一扔，拍门而去。筷子落到了菜盆里，滚热的鸡汤溅到了子冬的胳膊上，一阵辣痛。子冬这才去看那道菜，原来是自己最喜欢吃的小黄花炖鸡。这道菜做起来很是麻烦：把小黄花菜用水泡发，洗净；把净鸡炖到清水里，大火烧沸，中间加入绍酒、葱和姜，炖到鸡肉烂熟，再加入小黄花菜和精盐，黄花菜入味之后，再撒入胡椒面，菜成。这道菜，没两个小时做不下来的。要紧的有两点：一是精盐要最后放，放早了蛋白质容易凝固，肉质便老，汤汁不妙；二是小黄花菜要在起锅前放，味道便又鲜又香。

顿了顿，子冬又取出一双筷子，尝了一片菜和一块肉，又品了一口汤，都是刚刚好，比自己做的那一次还要好。那次，她也是偶然兴起，在电话里请教了妈妈，做了一次这道菜，没想到耿建就记住了。

　　子冬的恼怒逐渐退下，生出一股悔意。她把厨房打扫干净，在饭桌边坐下，盛了半碗米，想了想，又盛出一碗，放在对面，然后自己先吃了起来。正吃着，电话铃响，是子夏，说过来蹭饭，已经到了小区门口。不一会儿，门咔嗒一声开了，子夏和耿建一起进门，大约已经知道了原委，子夏开口就训子冬："什么大不了的事，也值得闹一场？这么殷勤的老公都不知道珍惜，真是惯坏了你。人家要真跑了你就不悔？"子冬犟道："不悔。"子夏转脸对耿建道："那太好了。下次她要是再犯毛病，你就给我打电话。她不要我要，她不收我收。"耿建笑道："什么收不收，听着我像个破烂儿似的。"三个人一起笑了。耿建给子夏盛了饭，一起在餐桌边坐下。子夏说她马上又要参加资产评估师考试，考点就在河适花园旁边的一所中学里，她那两天要在他们家借宿，子冬和耿建相视一眼，唔唔答应。

　　有时候，闹得烦了，子冬也想到要立马散伙。没有证，散伙自然也如分糖果那么简单，可散了之后呢？好不容易泼出去的水，要是再这么收敛收敛倒回旧盆里，那就是败兴羞耻还连带着无奈，娘家每个人的脸上都会为此蒙上一层灰。而且，即使自己能厚着脸皮回去，家里也已经没了她的地方——想来想去，耿建的这套房子还真让她留恋。为了房子也得忍着。当然，忍耐不能无期限，那么出路似乎只有一条，继续谈恋爱，找一个下家。到时候出了这门就进那门，多清爽。当然有一项原则是顶顶要紧的——这次找的，可绝不支差。因此越发得认认真真对待。好在已经有了这么个假丈夫顶着，自己尽可以掌握节奏，慢慢理论。

这期间，韦兵时常会有些转发过来的却也是意味深长的短信。"以我痴心，静待芳心。以我铁心，渴盼柔心。别再叫我伤心，你是我的甜心。海枯石烂，不死的是我的真心。赶快回到我的身边吧，你是我的核心——丢失的钱包！"或是："爱你一万年，夸张。爱你五千年，无望。爱你一千年，荒唐。爱你一百年，太长。接连爱你七十年，才是我的强项——我亲爱的新房！"……对这些短信，子冬一律不回，只是莞尔一笑，随即删掉。

2

子秋没有预料到，从西安回来的第一个晚上，就听到了关于那封情书的消息。

那天晚上，夜很深了，子秋才听到荆漫回来的声音。荆漫一进院子，梅就和他吵开了。子秋听见梅的母亲出来询问缘由，便也悄悄地在院子里站了半天，才听明白：下午下班之后，梅的一位同事的弟弟的摩托车违章被扣了，梅来寻荆漫找人说情。荆漫正好上厕所，办公室门开着，等荆漫回来时，梅已经从抽屉里找到了那封情书，读过了。

我看了邮戳，这封信可是好几年了。你一直没对我说。你为什么不说?!

没有什么好说的。

她到底是谁?

我比你还想知道。

少装蒜。凭你的本事，你能不知道吗?

我没什么本事，所以真的不知道。以后，你不要这样随便翻人的东西。

我不翻? 不翻你能主动告诉我吗?

连我自己都弄不清楚是怎么回事，我又能告诉你什么? 我能说得清楚吗?

怎么说不清楚? 我又不是蛮女人!

荆漫不说话。

我看不是说不清，而是你心里有鬼!

荆漫依然不说话。

说呀，有道理你就敞明说了，有外心你就敞明了做!

荆漫看着她，把声音压得极低: 这么晚了，别折腾家里人，回屋说吧。

家? 你心里还有家? 梅哭起来，你早就有那从石头缝里蹦出来的狐狸精给你知情解趣了，还知道家? 你怕我说怕我闹怕我丢你的人，你就不要做丢人的事儿!

啪的一声，一个杯子被谁摔到了地上。梅的声音陡然低了下去。

你真是不可理喻。荆漫一字一句地说: 如果你真的特别希望那个狐狸精出现的话，那么我不会辜负你的。我会好好查一查那个傻瓜到底是谁，再去找她。

子秋静静地站在院子里，听见荆漫走出大门的声音。他会去哪里呢？只有办公室吧。值班的人看到他这么晚又从家里回来，不会说什么吧？

子秋抬头，看着天上的星星。深蓝的夜空上，星星像一颗颗饱满的小米。

自己竟然有机会和荆漫做邻居，是子秋当初没想到的。之前虽然早已经知道梅的父母和谢英的父母住隔壁，婚前婚后也去过婆家多次，却是从来也没有碰到过荆漫。婚后第二年，谢英在珠海工作的姐姐买了一所大房子，请求二老去那里过秋冬，说那里的气候对老人好，二老喜滋滋地答应了。临行时特意把谢英和子秋叫去吃了一顿饭，要他们住在这里替他们看家，喂猫养狗，浇花拔草，千叮咛，万嘱咐，一个意思：如果谢英和子秋不在这里住，他们就是无数个不放心。子秋和谢英只好将自己的小家一把锁了，来到这个老头老太太最集中的地方。

住进去的当天他们就碰到了荆漫，才知道，荆漫的岳父刚刚中风瘫痪，荆漫一家也搬过来和老人同住了。

回头我们四个凑一起，就是一桌麻将。谢英说。

没问题，谁赢了钱请喝羊杂碎。荆漫笑道。

他是忙得整天不着家，我呢，是不会打。再说，就是凑一桌了，孩子老人全撑着胳膊腿儿呢，谁管？一尺白布齐染蓝，好玩日子是好玩。可玩过了怎么办？梅喋喋不休，让谢英都有点儿讪讪起来。

不过是开个玩笑，谁现在就支开桌了？荆漫说。

支开桌还不容易？梅脸色发红，毫不示弱。眼看就要当着子秋和谢英的面发作起来，子秋连忙拽着她的丝巾，道：梅姐，这围巾很好看，哪里买的？

梅立马喜形于色，絮絮叨叨地和子秋讲起围巾的历史。又让子秋看她的鞋子，是百丽的。"百变，所以美丽"。子秋就纳闷：这样时尚的广告词，这样玲珑剔透的鞋子，怎么就和梅搭不上界呢？鞋子穿到梅的脚上，很直观的，就变成了一个塑料壳子，没有一点儿血肉的温润。

梅兴致勃勃地讲着，沿着鞋子从下至上，又从头发从上至下。话题顺着身体的曲线很有逻辑地来回旅行着。大约是被子秋安宁柔顺的神情诱惑——这种神情的女人，多半是优秀的倾听者。她对子秋说今年流行什么内衣，自己的内衣是什么牌子的，保暖性多么多么强，弹性多么多么大，说着说着就掀开一角让子秋检验。子秋连忙一迭声说着好，一边替她遮上。盆话说：你的身材也好。生了孩子还能保持成这样，不多见。

梅的脸色异样地顿挫了一下，仿佛子秋的夸奖是变了质的牛奶，她听进耳朵里是要疼的。随即，她的笑容又荡漾开来，又给子秋讲起了她的手镯。她说她的手镯是和田玉的，熟人去新疆旅游，她特意要人家带的。她把手臂一径举得高高的，在阳光下，要子秋欣赏玉的品相。子秋却赫然看见，一道暗红的伤疤嵌在手镯环着的腕上，和淡绿的玉亲密呼应着，居然衬出了几分怡人的色泽。

梅注意到了子秋的视点，把手放下来，用袖子遮了一下。

小时候淘气，从楼梯上摔下来，被玻璃划伤的。她说。

子秋笑笑。

讲着讲着，梅居然一厢情愿地说起类似体己的话来，说荆漫如何不体谅她，如何不顾家，如何不想办法为她调工作，如何害得她还得不时轮值夜班……

子秋只微笑。从她讲话时的无辜眼神，子秋知道，她一定不记得子秋曾经去看过她。

说话的当儿，子秋用手束了束头发。因为居家，她随便用一块浅黄色的手帕绾在脑后。和梅在一起，虽是无趣敷衍，她却也生出一种繁杂的欢喜。是因为她面对的是荆漫的妻子么？她与荆漫夜夜枕席，她靠她近些，便也是靠荆漫的气息近些吧？或者，她知道自己和梅站在一起，一个是顽铁，一个是山溪，凉钝与灵秀不可同日而语？子秋一边为自己骄傲着，一边替荆漫难过着，一边回眸，和荆漫的目光搭在一起，又跳开。

荆漫的眼神是会意的。然而，又不仅仅是会意。

平房是统一盖起来的。相邻的两家用的也是一堵墙。房顶上更是一马平川，可以随意走动。有的人家在房顶上种了菜，有的没有。有的人家顺着墙用水泥板搭了楼梯，有的人家没有。子秋看到搭了楼梯的人家上上下下很方便的样子，曾经建议谢英父母也搭一个，说他们上年纪了，夏天到房顶上乘个凉什么的，会很稳妥，没想到惹得全家异口同声地反对："咱们是稳妥了，贼也跟着稳妥了。"子秋伸伸舌头，不说话了。于是，只买了个铝合金的活动梯子，用时搭过来，不用时就放进屋里。

子秋就此就可以常常听到梅的声音——也就是有关于荆漫的声音。他们的院子是荆漫的西邻。子秋和谢英住的是最东边的房间，她感觉到，荆漫和梅一定住在她的隔壁，也就是他们最西边的房间。因为每当梅的话很清晰地传过来的时候，子秋就会觉得，她随时会用喉咙再打开一道门，冲到子秋的面前。

子秋是这么猜测的，然而也还是有些不踏实。有一次，院子里的石榴熟了，子秋摘了几个，去给他们送。梅的母亲带着子秋把他们的房间参观了一遍，子秋才终于确定。

子秋这边常常是悄无声息的。子秋声音不高，谢英的声音也不高。只是偶尔，电视的声音会高一些，也是为了阻挡另一种声音。梅和荆漫做爱的时候，电视也开着。但梅的声音似乎比电视还要大。他们的床头咚咚地撞着墙，传到这边的床头。

有一次，子秋和谢英也正在进行。谢英开始比较猛烈，子秋只是咬着牙挺着。他们结束的时候，听到隔壁梅发出"啊"的一声。子秋和谢英同时笑了。

好像要把她杀了一样。谢英说：幸亏他们次数不多。

子秋自然是留心过，他们的次数是不多。

后来子秋和谢英就把床调了头。但也偶尔会有暧昧的声音传来。听着这样的声音，子秋几乎可以想象得出荆漫在床上的情形。——她几乎可以想象得出他做所有事情的情形。他看世界杯，她也看。看决赛时，巴西队罗纳尔多射门，德国门卫卡恩倒地，荆漫在那边欢呼，她就笑。谢英已经睡了一觉，醒来，看见她的嘴角还有笑意，问她：傻笑什么？

子秋说：罗纳尔多的球技实在是好。

爱上了？

爱上了。

那你嫁他去。

太远了。子秋抓抓谢英的头发：就你先凑合着吧。

清早，荆漫在厨房里煎蛋，热油哧啦哧啦，子秋也煎蛋给谢英。谢英问：怎么想起吃煎蛋了？

子秋说：报纸上说，早上吃个煎蛋一天都提精神。

有一天，子秋甚至听到荆漫放了一个屁。——或许不是屁，是挪桌子的声音，搬凳子的声音，鞋擦地的声音，什么胡乱的声音都有可能像个屁，可子秋觉得，那就是一个屁。子秋就笑起来。她去门口放垃圾，荆漫已经放过了，正回身进门，子秋偷眼看见他臀部圆圆的一角，忍不住就又想笑。回到屋里她就大笑起来。这几乎是对自己也无法启齿的：她觉得荆漫的屁都那么可爱。

在犄角旮旯的声音里，荆漫融入了子秋的生活。和谢英离婚之后，荆漫就在声音里成了她的一个亲人。子秋觉得，他们和那些在一个屋里过日子的人，几乎没有什么区别。

当然，荆漫和梅也免不了吵架。说是吵，其实基本上也就是梅一个人。荆漫的声音很低，子秋总是得通过梅的话才能猜测荆漫的应答。

又是这么晚回来？哪儿疯去了？

——荆漫一定在解释忙了些什么。

你多重要啊。你比普京和克林顿都忙。

——荆漫一定在反驳自己也不想这么忙。

谁知道你想不想啊？谁知道你是因为忙才回不了家，还是因为不想回家才这么忙？

——荆漫一定在问：你怎么这么说？

我就是这么说的。你女儿都快不认识你了。

——荆漫没有声音，一定想要去看女儿。

看什么看？醒的时候不看，睡着了去看！别让你的气儿熏着了她。

……

就是这样的琐碎，家常。子秋听着，就替荆漫委屈着。日子久了，竟然也很平静了。仿佛她已经和荆漫一道习惯了这种委屈。她什么也替他做不了。她只能陪着他，心疼他。就像今天这场争吵。不过，今天这场争吵和以往所有的争吵都还不太一样。那封信，那封情书，被牵扯了出来。那是她的信，她的情书。这让她的心在心疼荆漫的同时，又泛起一种深深的不安和浓浓的甜蜜。

3

上班的路上，子夏接到了张宏的电话，说是老总要给他们宣传企划部、人力资源部和公共关系部等几个部门召开一个联合会议，谈一下当前工作的要点。要子夏千万不要迟到。子夏答应着加快了脚步。进了大会议室，远远地就看见张宏坐在那里喝茶。两人交换了一个眼神，子夏坐下，给自己沏了一杯碧清的茶水。

会开得很精练，主题是市里开发的一个国家级风景名胜区，叫翠玉山。前两年挂了国家森林公园的牌子，今年又申报上了国家地质公园的牌子，揭牌仪式在近期举行。届时将举办一台盛大的文艺晚会，帝湖房地产已经拿到了这台晚会的主办权，要做的工作很多：请导演，选演员，排节目，买服装，等等，繁杂琐碎，不一而足。各个部门需要做的就是围绕着这台晚会在各司其职的同时听从大局协调合作。

"知道我们该干的活儿吧？"回到办公室，张宏问。

"写串词，使劲儿把翠玉山和帝湖往一块儿说。"子夏道。

从一进入帝湖公司的大门，张宏就和子夏有了渊源。老总赚钱容易，对员工也十分大方。想要进这道门槛做个收入不菲的白领，也就有些难度。子夏应聘的时候，张宏便是其中一个主考官。他的宣传企划部只要一个人，却有四个人条件都合适，张宏说那就一并留下，工作一周后再决定最后人选。然后要他们根据个人需要列一份办公用品清单，他签过字后他们就可以去仓库领，领回来就可以工作了。清单很快列好，张宏批过，等仓管把东西送来，子夏才发现自己忘了写曲别针和字典。其他人也纷纷记起一些还需要的东西。他们跑去找仓管要，仓管却要他们再写申请，写好又要他们到张宏那里去审批，到这时几个人就你推我搡起来。"枪打出头鸟"这句话谁都听说过，都知道哪个先去找经理，哪个就倒霉。谁不想在这关键的一周里给张宏留个好印象啊。但是，设备不齐，巧妇难为无米之炊。想了想，子夏只好来个"死猪不怕开水烫"——

自己把要的东西写好。其他三个人见她要去找经理，连忙让她帮忙代批，子夏就把他们需要的写在一张单子上。只身来到张宏办公室，拿出申请单，张宏看了一下，笑道："你一个人怎么忘了这么多？"子夏只好实话实说自己只需要字典和曲别针，其他东西是他们三个人的，让她一起带出来给他审批。张宏放下那单子道："以后的工作你能代替吗？要他们自己来。"下午，人力资源部就正式通知子夏被录用了。接着张宏找子夏谈话，子夏问其他三个人呢？张宏说他们没有聘上。子夏问为什么用她？张宏道："一个人总会犯错误，重要的是敢于承担错误。承担了就会面对，面对了就会改正，改正了就会成长。人是这样成长起来的，我们的员工也是这样成长起来的。"

新同事见面餐会上，子夏听到了若干规章，其中有一条是关于办公室恋情的。老总严令，坚决杜绝办公室恋情，说两个员工一旦恋爱，在办公室难免会有一些亲密的言行，会令周围的同事感到尴尬，影响到整个办公室的工作氛围和效率，还有可能形成裙带关系，破坏公司管理的公平、公正性，使其他员工产生猜疑心理。而内部员工之间的恋爱关系一旦破裂，双方仍在一起工作，不仅影响到双方的工作情绪和效率，还可能会影响到整个部门工作上的沟通和协作。总而言之，私情若被发现，就得双双走人。绝无余地。

这条规章被复述的时候有一种特别的娱乐效果，子夏便和大家一起嬉笑。无意中转脸，她的笑和张宏的笑撞到了一起。两人迅即又分开。从今后他们就是同事了，且是异性同事，他们不能有办公室恋情。子夏知道。她还知道张宏用了自己未见得就是喜欢自己，而且即使喜欢自己，自己在他心里的分量也比不得这份工作。从某种意义上讲，工作比爱情更值钱。既然这么一眼就看到了底，干吗还说那么多？不如都不说，不如就这样。给彼此都留点儿面子，也都留点儿念想。

子夏开始十分注意分寸。在外面怎样胡来都可以，一进办公室她就周吴郑王，中规中矩。这一点，张宏和她配戏配得格外默契。每次开完会，子夏总是抢着第一个走出会议室的门。每次去张宏的办公室，她总是要找个借口叫上另外一个同事。每次和张宏一起陪客人吃饭，她都会注意不和张宏坐在一桌。如果不幸只有一桌，那她一定不会和他的座位挨着。出口必称"张主任"，除了谈工作，和张宏几乎再没有一句闲言。张宏对此心领神会，两人之间渐渐松弛。对于他的温和相待，子夏既不熟视无睹，也不受宠若惊，同样显示出了自己的悟性。

不过，慢慢地，子夏还是发现，张宏似乎确实喜欢上了自己。子夏最开始有感觉是在和他成为同事两个月后。那时正赶上房地产公司组织业主们举行亲情运动会，他俩都参加了拔河比赛，先是男队和男队比，然后是女队和女队比，最后是男女混合队比。他俩都算是少壮派，就被精选进了混合队。因为不是精中之精，他们的位置都排得比较靠后，子夏又排在了张宏之前。第一轮是和业主一队对阵，他们的力量很占优势，一上去，中间的红结就飘向了他们这边儿。业主一队眼看着不行，也懒得再费劲，就顺手一丢，房地产队的一帮人便像多米诺骨牌一样倒了下去。子夏摔在了张宏的身上，在摔下去的一刻，一种松弛和舒适感在瞬间如电流一般传遍了她的全身。她作势要起，却没能起来，突然间就感觉自己的腰被一只手轻轻地扶了一下，扶得体贴而有力。在忙乱和笑闹中，她回头看了一眼张宏，看见张宏的眸子里有一抹彩霞般的东西在微微荡漾。

接下来是和业主二队，业主三队，几场比赛里，他们依然脚扎着脚，手碰着手，肩擦着肩。逢到要赢被对方放倒的时候，她依然会倒在他的身上。只是倒的味道一次和一次不同，如同煲汤一样，一分钟和一分钟都不同。

夏天很快来了，小区的花坛中，花匠种了许多凤仙花，凤仙花又叫"指甲草"，很好活。花开的时候一片红艳艳，很诱人的神情，子夏忽然想起小时候妈妈给她用凤仙花染指甲的情形，和同事们在开会前的间隙中聊起，张宏突然插口说："我小时候也染过的。"人们轰地笑了。张宏说："真的，我是个独生子，妈妈老是怕我不成人，是把我当女孩儿养大的。"又看着女人们说，"我现在是没这个福气了，不过你们倒还是有条件怀怀旧。昨天我还在杂志上看到说，用凤仙花染指甲可以预防灰指甲病，既美甲又健康。"一席话说得子夏心动起来。周五下午下班的时候，子夏就采了一些回去，把白矾、盐和花弄在碗里拌好研碎，用创可贴把稠嗒嗒的碎花团儿在指甲和脚趾上各染了八个，特意将食指们都漏过，红红白白地衬出效果。——创可贴是她的发明，按说最适用的是桃形的豆角叶，可哪儿去找豆角叶呢？

一夜包裹，不单是指甲红了，连指肚儿都红了。子夏又刻意地洗了两天手，才洗干净。周一上班给张宏送文章小样的时候，张宏一眼就看见了她染的指甲，可他只是漫不经心地瞥了一眼，什么都没有说。他不说，子夏自然也不会特意把手伸给他看。过了一会儿，他问子夏："有指甲刀么？我的指甲长了。"说着就伸手给子夏看他的指甲。子夏说："没有。你的指甲不算长。"张宏说："这还不算长？再长就能当筷子了。你的不长啊？"子夏就伸出了手。两只手放在一起，一大一小，一黑一白，一糙一嫩，更显得子夏指甲盖上的几点红像晶莹莹的宝石。张宏怔了片刻，笑道："还真的染了红指甲呀？难看死了。"子夏道："难看不看，谁要你看。"说着就把手收起来，径自转身去饮水机那儿倒水喝。水喝了两杯，子夏看见张宏拿起的文件半天还没翻一页。子夏知道，自己腕上这双手，已经长到了张宏心里。

还有一次，他们去报社看广告清样，回来的路上，出租车司机热情非常地请他们吃自己刚买的枣，张宏就抓了一把放在兜里，然后两个两个地拿出来，递给子夏吃一个，自己吃一个。每次拿出来的时候，子夏在后面冷眼看着，发现他都要把两个枣比一比，把那个红一些的给子夏，自己吃青的。子夏装作不知道，大大方方地接着，吃着。在车轮沙沙地响声中，衍出一片甜蜜的沉默。

她简直可以确定：张宏是喜欢自己的。尽管张宏和她单独在一起时，总是沉默的。男女之间的事情就是这样，有时候一句话都不用说，但是连空气都会有颜色。而且，他们的喜欢仿佛也只有是这样：有感觉而没有证据，有情绪而没有思维，有倾诉而没有表达。有一切的点儿，却没有一个完整的面儿。有无数的神经末梢，却没有一条轮廓清晰的脉络。他们之间，若论感觉是如此的触手可及，但仔细追究，其实什么都没有。而且一旦追究就会显得无比滑稽。就像鱼在水里潜泳时是那么自由飘逸，但一出水面就会窒息而死。

这样的喜欢，就是这样。这样的他们，就是这样。现在的人说得太多了。少的就是这样的沉默。说又有什么用呢？表达又有什么用呢？不如沉默。子夏眷恋这种沉默，就像小鱼眷恋着冰河下的波流。鱼戏莲叶东，鱼戏莲叶西，鱼戏莲叶南，鱼戏莲叶北。而鱼哪里都不想戏的时候，也可以在莲叶的清香下畅想和酣眠。

第八章

1

  渐渐地，子冬发现，这桩假婚姻带给自己的也不尽是黯然。由于都抱着权宜之计，因此两人在两个大家庭的琐碎问题上，也都乐得大方做人。子冬这边有什么事，春节中秋，侄子生日，耿建决无二话，出手慷慨。子冬对耿建那厢也是礼仪周全，碰到什么事总是极力而赴。二人不久就都落下了极好的口碑。他们表现上佳，老人们也都明晰事理，自是知道如何才叫好上加好。每次回乡下，子冬母亲都会买些精致点心让子冬给婆婆带回去。好强的婆婆也决不输礼，每次都让子冬带给亲家一些现采摘的时蔬瓜菜。其他人也是通晓世故，子冬的大姑姐给子春的孩子做了新棉花絮的棉袄裤，子春就给耿建父亲买一身保暖内衣。说来东西都不贵重，只是里面的情意温绵可人。总之是姑嫂翁婿婆婆儿媳大舅小姨半年之间都已经热闹熟络。双边关系可谓万里无云，蒸蒸日上。其中最让子冬不安的是婆婆对自己肚子的关切。每次回乡下，她都要绕着子冬看来看去，想看出些喜兴的征兆，最后还是免不了失望。"可怜我的小建儿，都三十多了还不见一男半女。要生真得赶紧啊。再晚了骨头硬，胯那儿不好开。"说完又长长地叹口气，"已经晚了。"再后来连公公也开始委婉过问，买了一只砂锅，抓了几服中药，要婆婆熬了给子冬喝。子冬只喝了两口就再也喝不下，问公公这药里都有什么成分，公公说有党参、六汗、淮山、泽泻等一二十种呢，说喝了这药，不仅强身，还容易生男孩。

返城的时候，婆婆给子冬准备了两个大包，一个包里装着红枣山药和莲子，要子冬熬粥的时候放进去补，说这样容易坐住胎。另一包就是公公配的中药。子冬把红枣山药和莲子给娘家送了过去，中药放了两天，看了数次，还是把它扔了。

一天晚上，耿建回到家，说明天是星期天，他要回乡下，问子冬是否一起回去，子冬正烦着自己的肚子不能向婆婆交代，自然不去撞这枪口。第二天，耿建从乡下打电话来，对子冬道："子冬，我妈说，明天她要跟我一块来城里住。"子冬停顿，沉默片刻，问老太太有什么事？耿建道："是为了孩子的事。"子冬眼睛定住，电话里一片静谧的电流声。耿建只好继续艰难解释，说老太太认为两人这么久了还没孩子，一定是子冬身体不够好。地不壮籽儿就不好扎，也就没有苗儿长。她决定过来给他们做一段时间饭，给子冬调理调理身体。

"那你去住宾馆或者出差。"子冬半开玩笑，"或者我找理由。"

"子冬，"耿建的声音安静而清凉，"你觉得这么做合适么？"

子冬沉默。当然，是不合适的。那就只能听耿建娓娓道来。说如果这一次让老太太看出了破绽，以后的日子一定更难安生。因此与其想着用各种方法去躲避，还不如坦坦荡荡地去面对。而面对老太太最有效的行为就是两人躺在一张床上。只要他不动她，就成了。而他们已经一起生活了这么久，他要想动她也不是没有机会，可她至今安然无恙，那就证明他是足可以信任的。

　　听到这里，子冬突然很生气，简直想要挂断电话。生各种各样的气：第一，婆婆来住为什么不给她打招呼？她毕竟是个儿媳妇。不过，再一想，这气生得似乎也没有什么道理。不要说老太太来住是为了自己，就是不为自己，人家来和儿子住两天，也没什么过分。何况房子还姓耿呢。那么就生第二种气：老太太凭什么就得认为她得给他们耿家生个孩子？不，这气也生得不强势。不孝有三，无后为大。她占了人家儿媳妇的名儿，生个孩子是该的。不生就是亏欠。至于第三种气——子冬摸着自己要燃烧起来的滚烫的脸，终于明白，自己根子里想生的，其实就是第三种气：耿建说他不会动她。他怎么就那么能肯定他俩睡在一张床上也不会发生什么事呢？难道说在他眼里她根本就不算一个女人？没有一点儿异性的诱惑和魅力？

　　这点儿气，却是最说不出口的。

　　气归气，洗漱完毕，躺在床上，子冬反复寻思，还是得承认耿建说得有道理。应该说，子冬对婆婆的印象其实一直挺好的。虽然她是乡下女人，粗糙，耿直，但她实在也不乏可爱。看见她，子冬甚至觉得，比看见自己的母亲还要踏实。去伤害这么一个老人家，是说不过去的。目前，最好的办法就是顺坡打滚，与耿建齐心协力将婆婆哄住，骗好，再打发走。只有先化解了这一段危机，他们才能腾出时间和心境，消消停停，各寻出路。

打定主意，子冬便行动起来，重新起身，将两个卧室收拾了一遍。又把自己的衣服放到了大卧的衣橱里。然后，她躺在耿建的床上，决定先预习一个夜晚。

大床的薄被子上一股男人的脑油气息。浓重憨厚。这是耿建的气息。子冬忽然觉得一切都是那么不可思议。她已经和这个男人在一起生活了六个多月。这是这个男人的床。他的枕头有多久没换了？浸着些淡淡的咸湿和汗潮。子冬的眼前开始闪现耿建在这床上的情形。这么大的床，一个人躺着自然是毫无顾忌。四仰八叉，臂舒腿展，如一个大字。不，该是一个太字。一个男人，下面总会有那么一个点儿……子冬突然想起：一天晚上，她加班盘货，回来时已经将近十二点了。想去洗澡才发现洗澡毛巾还在阳台上晾着。她来到大卧门边，听见电视机里还有声响，就轻轻敲了敲门，无人回应。她又敲了一次，依然。她就推开了门，赫然看见，床头柜上的台灯还开着，灯光中，耿建全身赤裸，紧闭双眸，神情奇异。他的手正在"太"字的那个点儿上上下求索，电视机里男人女人的声音正淫荡缠绵。是老成以前教唆她看过的，A片。

子冬的脸又烫起来。阳台上的月光映着磨砂玻璃门，一片银色的光亮。似乎是早晨的天色，然而离天明还早。夜，突然间就长起来了。

女人的夜，是为男人长起来的。不知道男人的夜，是不是也是为女人而长。和耿建生活在一个房间里，这问题却是不能问，也无处答。三十多岁，这把年纪，放在以前恐怕做奶奶都是有分儿的，可现在，她还当着形单影只的姑娘。要说特别特别想男人，倒也不至于。可要说从不去想男人，那当然也是假的。不过事已至此，要是和耿建躺到一张床上，她相信自己能扛得住。

一定要扛住！子冬握握拳头，自己鼓励着自己。已经坚持了这么久，就这么着把自己打乱了再来，她不甘心。她不能让自己的心，死不见尸。

拉拉被子，子冬把脸埋在耿建的气息里，忽然对耿建漫出一种悠悠的感激和心疼。亏得有他陪着。现在这世道，要找得着耿建这么迂腐的人共走一段，也算是一桩奇迹。

2

但是，事情没有想象的那样简单。确切地说，婆婆没有子冬想象的那样简单。当然她也从婚前婚后的一些事情上早已经看出了婆婆的不简单，但她一直觉得，婆婆再不简单也无非是个农村妇女，只要自己稍微用一用心思，就能把她的不简单化为简单。然而一过下来她就知道，她实在是低估了婆婆，也高估了自己。

半上午，耿建和婆婆进了门。婆婆放下包袱就开始了大刀阔斧的改革，打扫卫生，刷锅蒸碗，开窗通风，晾晒被褥，家里顿时变得红尘紫陌，热气腾腾。中午吃了一顿简单的饭，下午子冬陪她到菜市场认路，顺便按着老太太的心意采购一番。晚饭很丰盛。饭后子冬又和耿建一起陪着她去附近的丹尼斯逛景，给她买了件新衣。那件新衣下摆微敞，衣袖也微敞，是城里老太太们中最流行的。

"这件衣服么，过两天你穿最中。"回到家，婆婆就把衣服给了子冬，"要是怀了身子就得穿这种宽展的。"

子冬看了耿建一眼，两人相视，顿住，再一笑。

终于挨到了上床时间。两人各占一半地方，躺下。子冬穿着睡衣。是粉色的，起着小朵小朵的白雏菊花。子冬一个人的时候，习惯裸睡。穿着睡衣就睡不着。想来，戴着避孕套做爱和穿着睡衣睡觉，感觉上应该是有得一拼吧。子冬胡思乱想着，又一次觉出自己此时此刻的滑稽。这身睡衣意味着什么？和舒服无关，和防护无关，更多的，似乎只意味着一种礼貌。她想起传说中的梁山伯和祝英台，书院里的夜晚，祝英台悄悄地在他们之间放一碗清水，以验梁山伯的君子之道。现在，她和耿建之间，是不能放水的，只能是睡衣。

耿建的睡衣是浅蓝色的，上面的图案是一颗颗深蓝色的星星。他的睡衣很宽大。睡衣当然要宽大一些好。可他的那份儿宽大在子冬眼里却是有些触目惊心。只要他稍微一蜷缩，浓浓的腿毛就露了出来。不是第一次看见男人的腿毛，但因为在床上，因为离得这么近，这腿毛就显得很不一般，有些欺负人的骄傲架势。然而子冬不得不承认：他的腿毛很好看。腿毛好看意味着什么？性感。已经是初秋，他们盖的是薄被，半夜说不定会蹬掉的。如果蹬掉，两双腿就会碰到一起。碰到一起会如何？子冬甚至不敢看耿建呼吸起伏的躯干。他的鼻息浓重，这是一个男人的呼吸。子冬甚至也不敢翻身。翻身就证明自己没睡着。为什么没睡着？因为身边有个男人么？这个男人让你焦虑，让你不安，让你辗转反侧——突然间，子冬感觉到自己的腿被什么碰了一下。她一激灵，差点儿叫出来。立马又觉得自己的敏感有些矫情。还能有什么呢？自然是耿建的腿。

"睡不着，就说说话吧。"

"噢。"

可是，说什么呢？耿健说起上高中时一些使坏的事。那时正长身体，容易饿。晚自习结束后，他常常和几个同学去学校后门的羊肉摊上打牙祭，平常的价格是一块钱七小串肉，老板可怜他们是学生，经常给他们八小串。一次，他们又去吃，老板不在，老板娘早就对学生们的待遇不满，硬给他们七串，这几个人气坏了。吃过了羊肉串，悄悄走到摊子后面，找到老板娘装肉的编织袋，其他几个作掩护，要耿建去那编织袋上撒尿。完事后，他们坐在相邻的馄饨摊上等着看笑话。一会儿，果然有客人和老板娘吵了起来，说肉变质了。闹了一番后，客人散尽，耿建留心听见老板娘一边收拾摊子一遍嘟噜伙计："以往你们说过，肉串要是没有羊膻气，可以把羊尿撒进去。莫不是今天的羊尿撒得少了？莫不是羊尿也会变质？"这句话一说，耿建几个就地恶心呕吐起来。

子冬哈哈大笑。笑完突然又想起了安纺。

"那时候，就没想着给安纺带几串？"

"当然想了。可是想也不敢呐。"耿建说，"就是我敢给，她也不敢要。"

月光静静地从窗外照过来。子冬看了一眼耿建的脸。什么都看不清，只有一个淡淡的轮廓。

翌日是星期天，子冬问耿建今天怎么安排，耿建说无论如何要去一趟书店，子冬问他去书店干什么，耿建道：有人爱听故事，我就得学讲故事。要是没故事讲，我不知道晚上会做什么事呢。

耿建的故事讲了四天。这天下班后，一家人早早吃了晚饭，子冬提议带着婆婆去社区的老年人俱乐部认认门儿，老太太很干脆地拒绝了，说自己和那些城里的洋气人玩不到一块儿，也不打算在这里长住。子冬听了一喜，不料婆婆又道："等你一有，我就走。"

子冬沉默。耿建咳嗽了两声，去客厅看电视，婆婆把子冬叫到小卧，开始端着脸子训话："鼓不打不响，话不说不明。你们晚上怎么只说话没动静？我都听了三天房了。"

子冬的脑袋一瞬间涨大，难以置信地看着她。这个老太太，她听房？她居然听房？老太太却毫不畏惧地迎着子冬的眼睛："我也是突然想起来，你们办事那天，没人来听房。老话说过，没人听房，子嗣不强。就想着厚着老脸听一次，替你们补补。没承想你俩比太监还闲。原本我还以为你或许是来了月经，这两天就留心看了一下卫生间的草纸，却一点儿红都没见。说吧，病根子是在谁身上？要是小建的，我挖仓卖粮食也要给他瞧。要是你的，就得和你娘家通个气儿，我也挖仓卖粮食给你瞧。"

子冬紧紧地抿着嘴角。千想万想，再想不到这一出。这个老太太啊。

"今儿不想说，也没关系。你俩晚上再商量，明儿我听你们回话。"老太太拍拍衣襟，"睡去吧。"

怎么能睡得着呢？

这个夜晚，再不能讲故事。两个人都盯着电视。电视的声音很大，然而再大的喧嚣也顶不住心里的空。子冬的眼睛不时看着门缝。老太太睡了么？还是仍然贴在门上听？她看看耿建，耿建也看看她。突然，耿建说了句什么，子冬没听清，把耳朵凑过去。耿建口中的热气直扑到她耳边，麻酥酥，如同小小的电流。

耿建说："我们放 A 片给妈听吧。"

A 片开始放了。子冬闭上眼睛。耿建则一支一支地抽烟。烟雾缭绕中，一对男女在他们面前厮缠，也在他们的耳中厮缠，更在他们的心里厮缠。这多像一个诡计。子冬想。这简直就是他们母子联合起来共谋的一个诡计。他们在算计她。当然，这是恨话。他们能算计自己什么呢？一切都是自己情愿。可事情怎么会到这个地步？为什么此刻要承受这种煎熬？他们到底在坚持什么？又想要什么？真是想破了脑袋也不明白啊。

让人失魂落魄的声音终于停止。房间里很静，很静。耿建起身，打开通往阳台的门去放烟气。月光洒进卧室，溶淡清朗。耿建在月光中躺下。两个人久久未动。当然都是睡不着的，却又不知道该说些什么。躺得久了，半个身子都酸了。子冬伸开手臂，想舒展舒展筋骨。耿建也伸出手臂。两双手臂同时伸起。交叉在空中。都顿了顿。子冬看着这两双手臂，在荧荧的月光中，如同一棵树上的两根树枝。一根稍长，一根稍短。一根稍粗，一根稍细。一根稍明，一根稍暗。

子冬看着，她知道耿建也在看着。他们一起看着这静止的两对胳膊。仿佛看了很久，又仿佛只是一瞬间。然后，耿建抓住了子冬的手。两人抱在一起。都是刚刚洗过澡的身体，乍相碰时有一种微微的宜肤的清凉。如杯中的酒，以及盛酒的杯。气息渐急，喉结微动，酒饮到了身体里，很快灼热起来。这种灼热似乎是温和的，然而也是烫人的。此时的心，如同长满了小小的嫩尖儿，尖儿和尖儿相触时，是疼，是痒，是不依不饶的厮打拼杀。尖儿和尖儿的凹凸镶嵌契合时，却是怜惜，是相知，是从未有过的相依为命。

子冬没有高潮。

做过之后，他们在月光中看着对方的眼睛。谁都没有开口，只用眼睛说话。

他的眼睛说：我们做爱了。

她的眼睛说：是的，我们做爱了。

他的眼睛说：但是很抱歉，我不爱你。

她的眼睛说：没关系，我也不爱你。

他的眼睛说：我可以为你负责。

她的眼睛说：我不要你为我负责，我可以为自己负责。

然后，子冬来到卫生间，清洗干净。回去的时候，耿建已经睡着了。子冬悄悄地躺上床，侧身看他的脸。他睡得很静。

一起生活了这么久，她从没有以这种方式看过这张脸。这张脸变得突然好看起来，婴儿般纯洁安详。子冬仔仔细细地看着，突然明白她为什么会觉得这张脸好看：他躺着的时候，脸颊侧面的轮廓有些像老成。

老太太在这里住了一个月。这一个月里，子冬和耿建的身体又进行了多次联欢，联欢过程中，子冬都把耿建想成了老成，效果不错。老太太走得显然很放心，也很满意。她对子冬说："女人是朵花，早晚都要谢。好好地结个果，也算没白开一场。好孩子，你们劲儿往一处使，心到神自知。我估摸着，最多不出两个月，果就该坐枝儿了。"

3

这期间，子秋找过子冬一次。

"你不是说耿建的叔叔在公安局刑侦处当处长么?"她劈头就问。

"怎么，你犯案了?"子冬乐。

然而子秋神色严峻。子秋的严峻让子冬不由得也严峻起来。两人静默片刻，子秋才开口说话。

子秋说："荆漫有麻烦了。"

"他有麻烦是他的，又不是你的。"子冬道。神经微微松弛，又觉好奇，"你……"

"你听我讲。"子秋盯着桌子，轻轻地说。

梅出了事。

那天夜里九点多钟，和梅一起当班的营业员回家给孩子喂奶，只剩下了梅一个人。两个人悄无声息地冲进来，在梅身上扎了四刀，抢走了五十多部手机，扬长而去。

梅的母亲只是哭，去不了医院。——家里还有一个病人和孩子。做好了饭，子秋去送。不是为荆漫，单为邻居的情分，也是该的。

荆漫坐在床边，不吃。梅已经从急救室里被推了出来，还在睡。医生说没有生命危险了，等药效过了就会醒。一屋子人，梅和荆漫的亲戚、同事、朋友。满满当当。子秋站了一会儿，想走，可看着荆漫乱乱的头发和衬衣上一道道的皱纹，脚步踟蹰了又踟蹰，终还是没走。她站在最靠门的地方，看着踢踢踏踏来来往往的人们。有一个人拄着拐杖走，下巴上许多褶子。有个姑娘伏在一个男孩子身上，脸蛋红扑扑的，眼里噙着泪。子秋听见她说：她最不能忍受的事情就是发烧。

梅醒了。醒来后的第一句话就是：肯定是知情人干的。

别急，养养神，等一会儿再说话。守在一旁的荆漫说。

你怕我说，是不是？

什么？荆漫一脸疑惑。

那个主谋，梅说：一定是你。

病房里的医护人员和亲友们都愣住了。大家一起静默。仿佛这间小小的病房面前，突然裸呈出一个巨大的舞台，有一幕重戏正紧锣密鼓地开演。而男女主角，此刻都在他们眼前。绝对的真人秀，鲜辣，刺激，生猛。惊讶中，谁能隐忍住好奇和兴奋？不用偷窥，隐私自曝，这是电视剧里才有的良机啊。而此刻，当事人奉献给他们的，却是货真价实的现场版。

你知道我的同事九点多钟回家喂奶，你早就嫌弃我不会生孩子，你喜欢那个写信给你的女人，你早就想除掉我了。你给杀手几万块钱，他们抢的那些东西也值几万块，十几万的大招牌会没有人去扛?! 梅像是在自对自地嘀咕。她有些语无伦次，但每个人都明白她的意思。

梅不会生孩子——子秋突然明白了：为什么那天，她夸梅身材好时，梅会呈现出那样一种顿挫的神情。不会生育，哪怕是拥有国际模特的身材，都像是一种莫大讽刺。她一定羡慕死了那些身材变形的母亲们。

你在说什么? 荆漫的语音很轻。似乎他还没忘记自己是在和一个病人说话。又似乎，他被梅的话吓住了。还似乎，他尚没有意识到梅说的那个人是自己。仿佛梅的话与他一点儿关系也没有。他也只是观众中的一员。只是，他要代替看客们求证一下：你说的是真的吗? 你确定了你在说什么吗?

别装了。梅虚弱得不能动，但所有的仇恨都逼迫到眼睛里，挤压得眼睛似乎要滴血：那天我们吵架的时候，你不是说你要去找那个给你写情书的女人吗? 你不是一直没有回来吗? 你一定找到她了。你难道不是为了她，才雇人杀我的吗?

你被吓糊涂了。荆漫的语音恢复了正常，苦笑起来：是，我是说过。不过那只是一句气话。夫妻这么多年了，我在你眼里就是这样一个恶毒的小人吗?

表面上不恶毒的人，最会做恶毒的事。我早知道你对我有外心，可我没给你留什么把柄，你也是怕影响自己的前途，就

146

一直没敢下手。这次，我发现了那封情书，你知道瞒不住了，就起了歹心。看起来挺偶然的，可你就想这么干干净净地把我给结果了！这样多好啊。又不毁你的名声，又不耽误你的前程，还能光明正大毫无后患地娶个狐狸精。可惜我命大，我没死。梅一副胸有成竹的模样：我看着呢。

如果我真想害你，我早就害了，何必非得在这一段时间？

因为你以为事发后我们会照常理去推测你，那样的话，以你的智力水平，你根本不会在我们产生矛盾和冲突的时候去动手。所以你偏偏动手了。这是你的游戏规则。这是你的大智若愚。

荆漫久久地凝视着梅的眼睛，嘴角又漾过一丝微笑：梅，结婚这么多年了，今天我才发现你的聪明，只可惜，你用错了地方。退一万步去讲，如果我真想甩了你，我决不会采取这种办法。杀人有罪，我不是法盲。我会想出一种更为人道的方式，尽量让我们双方和孩子都少受一点伤害。

荆漫转身而出。子秋追上去。

她是被吓坏了。你别介意。子秋说。

荆漫看着子秋，笑了笑。

我知道。他说。

这期间，子秋又去看过梅两次。梅躺在床上，越发瘦了，简直不是人的样子。两只眼睛警觉得吓人。话也越来越精神：

我是不会生孩子呀。虽说抱养了一个，可他哪里会甘心？哪个男人不想要自己的种？我就得看着他！孩子不是自己的，老公再跑了，我左没有根儿，右没有树，靠谁？我知道他是好人，好人对我好，对别人也会好呀。天上下雨百里湿，我怎么能放心？我就得看着他！

他的手机在外面是他的，回到家里就成我的了。开机关机都是我的事儿。我每天一有时间就给他发短信，一有时间就给他发短信，干什么？占他的空间呀。我占的多了，别的人就甭想占了。你也得学着点儿！男人都这样贱。我告诉你，管男人就得打头儿管，一丝上风也别让他刮。你越让，他越狂，你狂了，他就让。

每天晚上，他一回来，我就查他的包，他的衬衣，他的内裤。不查行吗？我又没办法整天跟着他，再不查查，就更什么都不知道了。我要是不查，怎么会晓得那封信？那个狐狸精，小婊子，臭不要脸的，清滴滴儿知道人家有妻子还写那种肉麻的信，我要是揪出她是谁，看我不撕了她的！

在梅歇斯底里的控诉中，子秋只是听。出了医院便潮了眼睛。不是为自己，是为荆漫。她不过是和她坐了这么一会儿，就觉得快呼吸不上来了。而荆漫，却和她过了这么多年。

"我不该写那封信。那封信是我写的。"子秋用双手捂住眼睛，"我真傻。我害了他。"

三个女孩子里，子秋是长姊，一向平和坚定。这是这么多年来，子秋第一次向子冬讲述自己的心事。子冬将手伸过去，拨开子秋的手。子秋的眼睛显露出来。子冬从未在她的眼睛里看到这么多的软弱和无助。

"你放心。我会尽力。"子冬说。

子冬当即就拜托了耿建，耿建很快从叔叔那里反馈来了消息，说现在警方尚没有任何线索和凭据来印证荆漫和这个案件有关。至于那封信，荆漫现在还没有交出来，只有看到后他们才能对信的性质做出最后判断。

不错，梅是不会生孩子，我们的女儿也确实是从福利院抱养来的。为了不让别人知道，还特意让梅去外地工作了一段时间。梅一直以为我在为此嫌弃她，其实我真的没有。若说嫌弃，我最嫌弃的就是她对我缺乏夫妻之间最基本的信任和理解。但是在此之前，我一直在接受这种平淡的生活。至于矛盾，哪个夫妻没有矛盾？我们的矛盾碰上了这个案子，只能说是偶然。那天晚上我们吵过架之后，这一段时间我一直在办公室住着，我们的值班人员都可以证明。案发的时候我也还在办公室。如果你们怀疑我是主谋，请抓住了那两个凶手之后再做进一步的证明。在没有解除嫌疑之前，我不会离开此地，我会随时配合你们的工作。

这是荆漫在第一次接受警方调查时说的话。

至于那封情书，我可以交给你们。但我要告诉你们，那封信和这个案子肯定没有一点儿关系。至于她是谁，我真的无可奉告，老实说，我真的也很想知道这个傻女人到底是谁。

这是荆漫在交那封信时对警方说的话。

数月之后，警方确认案子和荆漫无关。荆漫写好了离婚协议书，但是，梅没有在上面签名。

她已经签不了名了。她得了精神分裂症。

那封信，警察又交还给了荆漫。

第九章

1

　　翠玉山的世界地质公园揭牌仪式翌日举行。帝湖公司的几名干将早一日便到达翠玉宾馆，忙碌于各项琐碎事务。不是第一次办晚会，也都知道这种类型的晚会无论事前准备多么精心，到现场的时候总会有这样那样的问题：地毯的位置不合适了，音响和磁带放出了颤音，鲜花和彩球影响了摄像，几个方块队穿的统一服装坐在一起色调不好看，得重新排。礼花燃放点离会场太近了，得往后撤。演员可能会比原来的多了几个，工作餐的份数得做相应的调整，等等，像衣服里的跳蚤一样，不穿的时候不易寻找，穿上的时候又让人不胜其烦。这次也不会例外。但能想到的还是要尽量想，能预防的还是要尽量预防。等到大致捋得差不多了，已经是晚上九点多，他们才坐下来吃饭。

　　晚饭是和翠玉宾馆的办公室主任、保卫科长和一个副经理一起吃的，男人们喝白酒，女人们喝干红。他们很会讲笑话，逗得子夏笑靥如花，喝了不少酒。席间还闹了一个有趣的段子：子夏喜欢啃鸡爪，这个饭店的鸡爪做得味道不错，子夏就啃个不停。那办公室主任见了，灵机一动，说："我想了一个好上联，你们都是宣传部门的才子，能对吗?"子夏满手是油，头都没抬，说："请讲。"主任说："小女子凤爪拿凤爪。"众人喷饭。子夏看见副经理手里正占着一个猪蹄，便道："大丈夫猪蹄掰猪蹄。"保卫科长见子夏嘴头厉害，连忙帮衬道："小女子对大丈夫，好对子，不过小女子可是大丈夫的小女子啊。"众人哄笑，子夏没想到这一层，眼光瞟向张宏求救，张宏示意她看墙，子夏瞥见墙上有一幅圣母图，心里有了底，悠然道："小女子固然是大丈夫的小女子，可大丈夫也是小女子的大丈夫。不然，在座的大丈夫们怎么能来到这个世上呢?"满堂哄笑。毋庸置疑，这场饭局，子夏代表帝湖队占尽了上风，大胜而终。子夏微醺，出餐厅时有些踉跄，亏得被张宏一把拽住，送到了房间。

子夏洗了个澡，酒意消退，睡不着觉，就在幽静的山道上散了一会儿步，在路上接到了子冬的短信，祝她生日快乐。她这才想起今天是自己的生日，本来有些轻快的心情又莫名地阴沉下来。回到房间不久，张宏便来她房间借洗发水，说宾馆的洗发水根本不能用，一用就头皮痒。两人胡乱聊了些节目上的事，一时间竟然没什么可说的了。

"你一个人出去散步不怕啊?"张宏终于问。

"怕什么。一个人挺好。"

"碰上恶贼你就不说好了。"

"我这等恶女怕什么恶贼?"

"还挺有自知之明的。"张宏笑。

"我要是连这点自知之明也没有，不如一头栽死算了。"斗着嘴，子夏也笑着，笑容有些凉。今天是她的生日，她已经二十八岁了。这些年来，她忙活了些什么呢？一场不堪回首的师生恋，一次痛彻骨髓的流产，一件莫名其妙遗失在新疆的爱情往事，还有一些流水般从她身上来来去去的男人，或者——还有不久前那个夜晚，那个看起来屈辱实际感觉却并不屈辱说起来应该明了实际上却是暧昧不清的夜晚，而且因为它实际上的不屈辱和不明了，使她根本无法对任何人甚至自己讲起。这就是她的全部历史么？其实她看着热闹，却一直都是一个很淡的人，往远处看，她是没有目的和要求的。她想过的似乎就是平安实在的今天。可是当今天在她手里一天天地变成昨天的时候，她就常常会有控制不住的伤感。她觉得时间就像是冬天自己呼出的热气，含在肚子里时是身体的分量，但是一旦离开自己，就什么都不是了。

"日子不好也不是太坏，天不是太灰也不是太蓝，有时候我从树下走过，总是会有一点点怅然……"一个男孩子的歌声很顺应心境地从走廊一端传来。子夏把头扭转向窗外。窗外是黑色的群山，没有一点滴人间的烟火。它撑着巨大的肩膀线条纯粹地坐在那里，沉默地俯视着芸芸众生。

"香格里拉有没有神仙？听说那里也是人间。人间与人间也不一样，所以我想去那里看看，去的时候我不找伙伴，我要做一个任性的小孩……"

歌声越来越远。子夏仍在沉默中。子夏很少有这样沉默的时刻。沉默是个洞。张宏突然有些害怕看见这洞。

"子夏，我走了。"张宏说。

子夏没有说话。她不想说话。她知道自己应该和张宏道一声再见，最好再调侃一下。可她不想。"我要做一个任性的小孩"，这句歌词打动了她。只有乖了太久的人才会写出这样的话。在张宏面前，她就是一个乖了太久的人，她为什么不可以任性一下？任性一下世界不会有什么变化。而不出意料的话，张宏也正好是一个可以接受她任性的人。

"子夏，我走了。"张宏又说。

子夏走过去，给他打开门。门一直是虚掩着的。子夏的眼睛望着门边的装饰木条，沉默着。她知道，任性的时间已经过去了。所有的任性，都是短暂的。

张宏慢慢地走向门边。他突然有些明白了什么。子夏从来没有在他面前这样过，她没有回应他告别的话，显然是在用沉默挽留他。此时的她看起来和平日的子夏迥然两样。平日的子夏是明朗和豁达的，其中又隐藏着一种特有的刚硬和倔强，她把自己包在一个厚厚的壳里，谁都没有看到她真正的疼痛，在他面前，也是这样。给人看是没有意义的，张宏很认同子夏的做法。他也是这样，从不喋喋不休自己的苦楚。疼已经疼了，痛已经痛了，没有谁能真正代替你的疼痛。不要向任何人展示自己的伤口，那除了让尊严发炎之外，没有丝毫用处。正像他当初录用子夏的原因一样：承担是首要的。

然而，这一刻，子夏的壳突然裂了，她的独自承受让他觉得心疼。他隐约看见了里面粉白的果肉，闻到了青草一样清新而低婉的气韵。她是孤独的，寂美的，脆弱的，如一朵开在山野里的白菊，这个精灵如狐又沉静如水的女子，在这远离尘嚣的山野，终于在他面前露出了封闭已久的破绽。这种表露是信任，同时也是诱惑。

他慢慢地向前走着。他该怎么办？她会让他抱她么？似乎是能的。可她以后会有什么麻烦吗？似乎也难说。以子夏素日的表现来看，她是一个明白人，她的诱惑应当也是安全的。如果因为这概率很小的风险而放过这个机会，是不是也太可惜了？或许这只是唯一的一次……在他就要掠过子夏的身边时，子夏带着薄荷味儿的长发有几丝轻轻地扫过了他的肩头，像电流一样把他击中了。他一手揽住子夏，用背抵住房门，把子夏抱在怀里，吻了下去。子夏没有反应过来。她有些迷惑，当然，一瞬间便清晰起来：她短暂的任性诱惑了张宏。她原本只想任性一下，没想去诱惑他。可是她知道自己忽略了一个问题：任性是撒娇的一种，撒娇本身就是诱惑的一种信息。如果不是已经把他当作一个特别的人，自己为什么要在他面前发射这种特殊的信息？她一向都是一个那么持重的女人。这种信息是她随便就可以发射的么？

她被张宏拥吻着，男人温热的气息熏得她昏昏沉沉。她已经有很多日子没有切近这种气息了。张宏似乎确实是喜欢她的，而她从来就是那么喜欢他。可是他们之间一直是一条无声的渠水。此刻，在这个大山怀抱的宾馆里，他突然激情四溢，仅仅是因为环境的生疏让他放松么？更重要的怕是他断定了她诱惑的安全。她在他面前一直碗水不流，瓶水不动。刚才突然在单独相处的时刻对他暧昧地撒起娇来，在他的判断里，应当属于偶尔的心血来潮，而绝非是根源深植的放荡。他算定她是不会对他纠缠的，一夜风流之后，她还会如石一般，不动声色地隐匿起所有的历史，就像之前她从不对别人诉说自己曾经的一切一样。

他就是这样看她的么？子夏突然愤怒起来。如果她不首先在他面前任性，他还会有勇气对她这样么？不会。他从不做没有把握的事情，不做任何看不到效益的投资。他是个精明的算计者，是个从不赔本的生意人。现在的男人就这样让人绝望么？难道在面对艳遇时也不会浪费一丁点儿聪明，将每一个动作和每一个表情都要检验得天衣无缝才会把它们释放到皮肤上？在工作中，她常常为张宏的周全和细致所折服，生活小节上对她的体贴和关照也常常让她触动，现在，她突然觉得他这些宝贵的素质在此刻完全体现成了一种浑浊的苛刻和恶劣的投机。这种苛刻和投机中的男人，还像是男人吗？被这种苛刻和投机对待的女人，还像是女人吗？

她的记忆里又浮现出了那个强暴她的男人。他的声音，他的气息在这一瞬间和张宏绞缠在一起扑面而来。她忽然想，如果张宏也对她进行一场没有什么缘由的粗暴的非礼，或许也不会像现在这样让她如此难受。那最起码证明：她是值得他为她疯狂的。在某种意义上讲，一个男人肯毫无顾忌地对一个女人疯狂，便是对这个女人的最大赞美。

哪怕，只有一次。

当然，他的疯狂也有可能伤害她，但这伤害的前提是他必须有勇气先去伤害自己，伤害自己的秩序和规则。就像那个男人。而此刻的张宏之所以侵犯她还会这么谨慎，就是因为他确定了这种侵犯不会伤害他自己。——他喜欢她，这并不意味着他愿意为她放弃一点点自私。

她使劲推开了张宏。

"我去给你拿洗发水。"她低声说。

张宏怔了怔。

"子夏，"他说，他顿了顿，还是觉得自己有必要说些什么，"我喜欢你。"

"谢谢。"子夏说。她忽然觉得张宏也有些可怜。可她不能同情他，这不是能够同情的事情。她忽然想，如果张宏不顾她的拒绝再来抱她的话，她就任由他——不过，在假设的同时，她也知道，这种可能性是微乎其微的。

张宏在门背后消失。子夏靠在门上。她又想起了那个陌生男人。相比于那个陌生男人，张宏应该是更有条件让她接受的，但她拒绝了他。不能接受朝夕相处一直倾慕的人却能接受不速之客，她不能明白这到底是为了什么。也许真的只是因为熟悉和陌生？因为熟悉而顾虑，因为熟悉而萎缩，因为熟悉而异化了彼此的激情。因为陌生而舒展，因为陌生而自由，因为陌生而放肆了彼此的渴望。真的是这样么？

明天，晚会结束。他们回去。后天周二，她值班。那个男人还会来。她知道他还会来。

2

　　老太太走后，子冬和耿建的日子，过得越发有些奇怪了。

　　那天，和耿建一起到车站送老太太回来，子冬开始待在小卧里发愣。怎么办？还要不要和他分开住？当然，她知道，自己若不主动提出来，耿建应该也不会说什么。毕竟，身体的感觉是不错的。可是，她不爱他。——是的，她不爱他。她也知道，他也不爱她。从开始决定结婚起，他们都知道彼此的不爱。从开始做爱的第一天起，他们更知道了彼此的不爱。做爱，做爱，没有爱，还做什么？只能做身体。婆婆在的时候，他们必须住在一起。迫不得已的背景让他们尽可以放肆出纯身体的欢愉。但婆婆走了，背景消失，纯身体的欢愉开始变质为理智上的无耻。他们已经失去了理由。人是需要理由的。什么事情都需要理由。哪怕是自欺欺人的理由。没有理由，就没有动力过五关斩六将，杀出自己的重围。

　　子冬开始收拾两个卧室。听着她窸窸窣窣的响动，耿建一句话都没说，只是过来帮忙。两个人整着床单，换着被褥，理着枕头，挂着衣衫。是说不清的默契和知晓，也有着微微的较劲和僵持。整理完毕，都有些累了。耿建终于开口，说晚饭去外面吃，他请客。

　　他们来到小区里的一个馆子，点了几样最家常的小菜。主食要的是绿豆粥和葱油饼。吃饭的间隙，有个小姑娘过来兜售玫瑰花，她吧嗒着小嘴对耿建说："姐姐好靓啊。帅哥给美女送束玫瑰花吧。"子冬笑道："我们今天刚刚离婚。"小姑娘吃惊地看了子冬一眼，转身欲走，耿建出手要了一束。一束玫瑰共九朵。子冬正想推辞，耿建道："让我买吧。这玫瑰，和爱情无关。"

子冬默然。接过玫瑰。自从开始懂得男女情事起，她不知收到过多少玫瑰，唯有今天的玫瑰最为特别。与爱情无关。看着这与爱情无关的玫瑰在手中娇艳欲滴，花茎上有隐隐的刺，子冬不由得想：这玫瑰，又与什么有关？

似乎知道子冬在想什么，耿建道："子冬，其实，我们好的那些夜里……"

"我知道也和爱情无关。"子冬慌忙说。

"是和爱情无关，但和感情有关。"耿建道，"那些夜晚让我觉得我们就是前世的兄妹，只不过上帝用了一种特殊的方式让我们进行了相认，还用一种极端的方式让我们建立起了血肉相关的联系。"

子冬不语。泪水扑簌簌地落下来。

玫瑰插在花瓶里，一天天枯萎下去。两个人各自睡开，又慢慢舒展起来。彼此没了以前那么多的讲究和顾忌。耿建洗完澡忘了拿换洗衣服，便用毛巾在腰间松松一挡，就大摇大摆地走出卫生间。子冬也可以当着他的面贴着鬼一样的面膜，自由自在地看电视。耿建的袜子和内裤开了线就扔到子冬的床上，子冬缝好了再给他扔回去。子冬的私密物件挂在阳台上忘了收，耿建也会很自觉地送过去，顺带品评一下款式和颜色。卫生间里还有落发，子冬却不再啰唆捡的问题。她在报纸的养生版上看到一个简单的方子，说每天生吃一勺黑芝麻对滋补头发大有好处，第二天就在超市买了两袋黑芝麻，还买了一只鲜红的储物罐，罐里含着一把带花边儿的精致钢匙。耿建看了，打开芝麻，倒在罐里，吃了一口，才满嘴黑渣地说："下次别在超市买了，咱村儿里有人种，保证比这芝麻香。"

耿建给她的感觉已经由拍档近似为亲人，且越来越亲。一个月的身体友谊似乎就是为了造就这亲。他深夜不归，她会留着一只耳朵听他的足音在楼道里空旷地响起。他出差到外地，她会加快看手机的频率，以便及时收阅他安全抵达的短信。家乡偶有人来，她上街买菜，回家下厨，忙得兴兴头头。天气晴好的时候，两人一起坐公交车上班。如果刮风下雨，就一起打车。小区大门左侧有一家早点店，一人一杯豆浆，两只香菇鲜肉包子，热热呵呵地在车上吃着，如两个小小孩童。一次，刚刚下班，子冬收到耿建短信，要她买一斤鸡中翅回去。她便在超市买了，正在收银台结账的时候，突然听到超市的背景音乐换了一首歌曲，不知道叫什么名字，只有一句让她怦然心动。那句词就三个重复着的字："亲爱的，亲爱的，亲爱的，亲爱的……"唱得绝然而无望。一瞬间，子冬突然想要落下泪来。

这泪不是为耿建才想要落。她知道。虽然她手里提着给耿建的鸡中翅。耿建只是亲，不是亲爱。亲爱的，这个被用滥的词是多么奇妙啊。爱不一定会很亲，亲也不一定会很爱。亲和爱，终究是那么不一样。她又想起很久以前读过的一句诗：你那么亲，亲得让我舍不得去爱了。现在她知道，不是舍不得去爱，而是爱不了。他和她再有夫妻的皮儿，也没有夫妻的里儿。进一步说，即使有些夫妻的里儿，也绝没有夫妻的骨髓。他们之间是明白的，然而此明白与彼明白之间却如两面镜子，只能互相照着，谁也进不到谁的画里去。亲爱的，亲爱的，亲爱的——这三个字让她只能想起老成。老成不喜欢吃鸡中翅，老成喜欢吃尖椒肥肠，老成不喜欢穿西装，老成喜欢穿夹克……她忽然想，经过了和耿建这么长时间的婚姻实习，如果现在让她再和老成相遇，她一定会踏踏实实地接受老成的所有毛病吧。只要他爱她。只要他娶她。——忽然间，远远的车流中，有人把头探向窗外朝她看来，头部的轮廓居然有些像老成。子冬慌忙躲进一个 IC 电话亭的亭罩里，半天没敢出来。

有些像青衫之交和红颜知己，却又比青衫和红颜多了些缤纷丰富的烟尘。以前那些小小的怄气和争斗几乎丧失殆尽，都有了难以言述的平和与宽容。有时候在饭桌上，他们甚至会谈论起谁更应该找什么样的人结婚，互相承诺有了合适的就积极介绍。后来果然也在各自的朋友圈和工作圈里介绍过几个，却都没有成。也就作罢。和那些男人接触的时候，子冬不知道耿建的心情如何，反正耿建和那些女人相处时，子冬的心总是悬着的。听到他说了不中意，她才会放下来。后来，她终于对自己承认：她怕耿建先找着。这怕也和爱情无关。她只是怕他把自己扔下来，让自己再次孤零零地面对单身。

一天晚上，子夏带着一个行李包不请而至，子冬把她让进屋，问道："又跟爸吵架了？"子夏说没有。子冬又问是否是嫂子，子夏瞪她一眼道："你什么意思？我是炸弹？逮着谁就跟谁开火？马上就要资产评估考试了，你不是答应过让我在这儿复习考试么?"子冬这才想起小黄花炖鸡那茬事的时候答应过她在这里借宿考试。子夏拎着行李径直进了小卧,子冬随后跟进,却看着子夏的眼睛溜了一圈房间:床上的被褥已经铺开,只有一个枕头,子冬的化妆品馨馨香香在床头柜上列了一排。子夏转过脸,眼睛便如针一般刺过来。

"你俩睡这么小的床?"

"我一个人睡。"子冬道。之后沉默。如立悬崖。

"分居?"子夏严肃道:"为什么?"

子冬沉默。

"你们之间,有什么问题么?"

"没有。"子冬笑笑。

"你要不说,我这就走。"子夏终于说。子冬只好拽着她的手,一五一十地把事情说了。说得很艰难。每说一句,都像在吐石头。说完这一句,就想把下一句咽回去。然而咽回去也是在咽石头,还不如吐出来。于是,就这么,一句,一句,石头一块一块地堆起来,如果能看见的话,子冬想,这些话一定能堆成一座小山。但她没讲同床的那一段。下意识的羞耻让她把那一段空了过去。

"天哪,你们还真够劲儿!"听完故事的子夏一改严肃,先是鱼一般地跃蹦起来,然后倒在床上得意大笑,"你们婚事那么急,婚纱照拍得那么凑合,关系一直这么不冷不热,我早就觉得哪儿不对了……"看到子冬沉静的脸,子夏才渐渐绷住,迫不及待地充当记者,开始访谈:"怎么样? 这种感觉怎么样?"

"优点不少。"子冬历数,"可免房费。若手头紧张,还可偶尔借钱。会有婆婆小姑等额外关心。差劲儿的烹调手艺找到了练兵者。寂寞时是个伴。病了有人送你上医院……"

"嗤，"子夏不屑，"所有优点都是缺点。吃人手软，拿人手短。被他服务同时也得为他服务。你同时也是清洁工，厨娘，老妈子，知心姐姐，临时银行。如果他不幸染恙，深夜去医院的人就是你。"

子冬沉默。微笑。看着子夏的脸。不知怎的居然觉出一阵凄楚。子夏止住笑，重新严肃起来："允许彼此找对象么？"

"当然。不过找了之后也不能提分手，必须得等另一方也找到才能散。"

"还挺坚贞呢。"子夏一边点头一边开始摩拳擦掌，"我得赶快给你介绍对象，打开局面。不能让你落在他后头。那多难堪啊。"

两人聊过，出了房门，正碰见耿建从卫生间里出来。明白了真相的子夏大约是及时调整了心理距离，陡然间对耿建多了些客气和拘谨。三个人站在一处，先是相顾无言。顷刻，耿建对子冬笑道："坦白过了？"子冬点头。耿建又朝子夏道："怎么着，我和子冬也够先锋？"子夏马上原形毕露，不客气道："是先锋。也是先疯，疯狂的疯。"

3

子夏很快以一种当仁不让的激情姿态成为媒人，开始见缝插针地替子冬介绍对象，且很快就有了效果。先是她在资产评估师考试的串讲班上认识的一个注册会计师，年龄比子冬大三岁，人材不如耿建，却有房有车，还很上进。有一个注册会计师的证还嫌不够，还要图谋当资产评估师。考试结束的当天，子夏就安排子冬和他见了面。他们一起去吃饭，他主动谈起自己的尼桑车，说才买了一年半，二十万呢。一年最基础的保养和维修都得花掉两万多。说着又是开音响又是开天窗，末了，子冬对他的车记住的比人要全得多。第二个是保险公司的业务经理，子冬由此了解了最新型的若干险种。然后是一位造型师。和子冬见面的时候，他穿着一套粉色衣裤，头发如刺猬般根根竖起，身上的香水味怪异无比。坐到他的对面，子冬如同在直对空调吹冷风，鸡皮疙瘩一层一层……走出饭店的门，他就挽住了子冬的手，子冬甩开，他又挽住。如此两次之后，他先问子冬："宁子夏说你是离异的。可你怎么还这么紧张？不会还是处女吧？"子冬一句话都没说，伸手拦了辆出租车，绝尘而去。

回家之后，子冬当即拨了子夏的电话，要她过来一起吃晚饭。子夏一进门，她就央告子夏立即停止。

"为什么？"子夏似乎正过红娘瘾，有点儿欲罢不能。她叫嚷着，又好奇地凑近子冬的眼睛，"是不是爱上他了？那就把他搞定。"

子冬笑笑。说她又回到了以前相亲的噩梦状态中。子夏无奈，只好说先告一段落。子冬长长地出了一口气，只觉得全身松快。她这才有些惭愧地发现：她早就盼着停止了。

晚饭做好，耿建还没有回来。姊妹两个就先吃着。子夏问子冬耿建最近的动静如何，子冬说也没闲着，他也一直在通过各种渠道见着一个又一个女孩。子冬常见他接到莫名其妙哼哼唧唧的电话，有时候他聊几句便会挂掉，有时候他会假装手机有问题，对着空中喊："喂，喂，听不清啊。"然后再把手机挂掉。有时候连这种把戏都懒得装，干脆把电池抠掉了事。吃饭的间隙，他们也各自讲讲相处对象的表现，互相帮着分析分析。到底都是经验丰富的聪明人，居然也常常说得很准。

"哎，你俩整天这么怪怪地待着，也真是……"到底忍不住，子夏还是问了出来，"真的就没有一点儿事儿？"

"有没有事和你有什么相干？"子冬反诘。

"那倒也是。"子夏悻悻。

姊妹两个边吃饭边看电视，电视里正播的节目是《夫妻故事》，是个实录的谈话节目。屏幕里，一个男人正用纸巾擦着眼泪：

"我们是一九九二年认识的，那时候我们刚参加工作，从不同的医学院毕业，都分到省人民医院，年轻人的心总是近的，很快就熟悉起来。都有好感，却都不好意思表白。有一次，我去她宿舍找她，见她正在缠一堆毛线，我就把手架起来，要她在我的手上缠，缠着缠着我问她：给谁织毛衣呀？她就说：给你织毛衣呀。我说我不信，她就从抽屉里拿出一本毛衣编织书，给我指她想打的款式，问我喜欢不喜欢……为了织这件毛衣，她忙活了一个星期。那件毛衣是深灰色的。我穿了很多年。直到后来我发福了，实在穿不了了，才放进了衣柜里面。

"后来我们就结婚了。一年后有了儿子，欢乐多了，负担也多了。我们都忙，她心性强，比我更忙。她在儿科工作，在她的倡导下，医院开设了儿童内分泌专科，还创建了全省第一家儿童生长发育中心，她担任主任，后来的儿童健康夏令营、儿童减肥夏令营都是在她的策划下主办的……今年十月，她开始偶尔咳嗽，她自己以为是肺炎，我们都没有在意。我们两个都是医生啊，却都没有在意！……她打算十二月十日出国的，机票都买好了，可她还是咳嗽。在我的催促下，她终于去做了一个胃镜。当胃镜室主任告诉我们结果是胃癌晚期时，我们都要疯了……

　　"她走的头一天，状况看着还是挺好的。我给她买的东西她还吃了一些。可是到了后半夜，她开始变得烦躁不安起来。抢救了四个小时之后，她安静地走了。临走的时候，她对我说：我累了，想睡一会儿。

　　"她走了，把所有的思念都留给了我。我想，今后我就在思念中度过余生了……"

　　现场有观众拭泪，子冬也觉得眼睛酸涩，看看子夏，却冷静依然，嘴角甚至还挂着一丝嘲笑。子冬忍不住斥责道："不要太酷了，人家妻子都不在了啊。"子夏道："就是因为不在了他才怀念，在的时候还不一样冷落。男人的贱毛病而已。"子冬道："还是有些意思的。"子夏道："有什么意思，不过是电视台应着时节做的煽情需要。"子冬道："什么时节需要煽这种情？"子夏道："明天就是清明节。"

　　子夏走后不久，耿建回来。说是加班。看餐桌上还留了那么多菜，问谁来了，子冬说是子夏。耿建笑道："小媒婆这一段时间没少辛苦，是该慰劳慰劳。"子冬又解释说其实是为了堵她的嘴，她真让她受够了。耿建又问子冬，子夏这么贪玩，对自己的婚姻着不着急？子冬说她肯定不着急。耿建说年龄也不小了啊，子冬道："她自己也是受够了。"方才原原本本地将子夏以前的情感经历对耿建讲了一遍。

听着子冬的讲述，耿建一时无言。

"一些东西看起来之所以坚硬，只是因为内在有伤。"他终于说。

子冬不再相亲之后，发现耿建一回家就关机，再也不接那些乱七八糟的电话。子冬的心渐渐平静。想想，子冬真是很喜欢他们之间的这种心照不宣。

一天中午，子冬和耿建正隔着两张桌子在"阳光香厨"吃工作餐，子冬忽然看见他丢下吃了半拉的餐盘走了出去，她假装取餐巾纸来到窗户前，瞥见一个女孩子在餐馆门口和耿建说话。那女孩子高挑的身材，梳着马尾辫，白色的运动套衫，生气勃勃，清新明丽。两人欢天喜地地聊了一会儿，女孩道别，临走时耿建摸了一下那女孩子的头。这小小的一摸里，有着无尽的亲密和疼爱——就是亲爱了吧。子冬顿觉自己的心里有一块地方随着耿建的手小小地抽搐了一下，然后皱巴起来。

那天晚上，耿建回来得很晚。子冬怀着那块皱巴，一直等着他。将近十二点，耿建才心事重重地进门。子冬一眼就看出他神情怪异。既黯淡又光彩，既兴奋又失落，既不安又茫然。等他在沙发上坐定，给他递了杯水，她才装作无意地问他干什么去了，耿建说是同学聚会。子冬道："白天那个女孩是同学么？挺年轻的啊。"耿建没有回答。他只是抬起头，意味深长地，促狭地，看着子冬。子冬被看得浑身发毛，作势要离开，他却用手拦住她，得意道："吃醋了？你要是承认吃醋我就告诉你。"

子冬当然不能承认，于是只好表现为懒得知道。不舒服自是有的，但是吃醋，确实还谈不上。吃醋吃醋，那醋的酸冽是要灌进身体里的。而她对于那个女孩子，只如同羊毛衫扎在皮肤上，是微微的痒痛和难受。不过耿建的威逼也让她有一种隐隐的得意。他为什么要这么在意自己是不是吃醋？是不是她承认吃醋了他就能感觉到吃糖？那她就更不能背这坛子醋。

随后几天，子冬发现耿建的阴郁始终没有转晴。看电视的时候总是愣着神儿，卖太阳镜的直销广告也能傻傻地盯着，不换一个频道。不用猜也知道，他对那个女孩子上心了。子冬禁不住又有些紧迫起来。

第十章

1

子秋已经很久没有见过荆漫了。隔壁的院子里，只剩下了梅和一位保姆。那位保姆是从乡下高薪请来的，身强力壮，像一个女摔跤手。梅出院后，经常发病，发起病来无论早晚，一点儿规律也没有。发作的时候，除了全力以赴地摔摔打打，就是竭尽所能地说一些土得掉渣的民谣。一家人都没办法正常休息，而谁都格外需要正常的休息：病的，上学的，工作的，理家的。梅的母亲又舍不得把梅送到精神病院去。荆漫就只好带着女儿和二老一起搬走。这是没有办法的办法。

临走那天，梅的母亲特意过来和子秋道别。

我们得走了。不走都会跟着她毁掉。她说着眼圈红了。

您多保重。子秋说。她实在不知道该对这个老人说些什么。

你们也跟着我们受累了。她的眼泪终于掉下来：梅的心眼太小，穷啊。心穷的人，注定是命不好的。

子秋拍着她的手。她的手上刻满皱纹。子秋的心里，这才忽然涌起一丝深深的内疚。

凶手依然没有抓住。案子也没有丝毫进展，但是荆漫和梅的夫妻故事却传遍了城市的大街小巷。最普通的版本是这样的：梅因为先天不育，两人便悄悄在外地福利院抱养了一个孩子，对外谎称是亲生的。虽然荆漫对梅这一点一直不满意，不过顾及仕途发展，也就隐忍不发，其实心里一直在打小算盘。后来有个女人给荆漫写了情书勾引荆漫，居然把荆漫给迷住了。梅得知真相后，荆漫恼羞成怒，就想把梅除掉。不料没有得逞，而且因为荆漫心机甚密，所以也没有落下什么把柄，因此至今逍遥法外。不过到了这种境地，荆漫竟然还是肆无忌惮地宣称：如果那个写信的女人出现，他就会和她结婚。

处于漩涡激流最中心的子秋，却又宛然置身于惊涛骇浪之外。她一直生活得很安全。她知道自己安全。她或平静或惊异地听着人们在她面前议论荆漫的传奇，自己却从不开口。她一向都是个不喜欢议论的人，对于荆漫她只有更加沉默，也根本没有人怀疑到她。谁也不会想到，这样一个被机关生活锻炼得成熟稳重，贤淑淡雅，偶然还会呈现出少女般腼腆的水一样的女子，会制造这样一则生活事故。

也许时间久了，她和她的情书就会被人忘记了。子秋不无侥幸地想。她也想过再写一封信向荆漫道歉。但第一封信酿成的现状让她明白那样做会更糟糕，更麻烦。而且她的道歉对荆漫没有任何实际的作用。她唯一应该做的，就是什么也不做，让岁月的河水，一丝丝地，澄清出原本的明净。

闲下来的时候，独自坐在办公室，子秋就会想想那封自己亲手写出的情书。一字一句，她都倒背如流。那么，那封情书，在荆漫面前，到底是怎样被对待的呢？荆漫打开它的时候，心里到底是怎么样的？是不是会涌起一种莫名的温柔和感动？会的。子秋知道。她固然是一个傻女人，荆漫也未尝不是一个傻男人吧？只因为这种莫名的温柔和感动，他便让情感击败了一向蓬勃的理智，没有把信销掉。他应该销掉的。如果销掉了，他和梅就不会吵架，梅就不会在血案之后那么偏执地去怀疑他，他也就不会落入如此沉重的境地。享受这种无名的温柔和感动，跟后面所经历的巨波狂澜相比，付出的代价，似乎是太大了。

那个写信的女人，到底是谁呢？他一定会无数次地想过这个问题。从这封信的文化格调去透析所有和他打过交道的女人的眼神和举止，他一定会觉得有许多人像，也有许多人不像。但是无论像不像，他看那些女人的眼光，大约都会和以前有所不同吧？自己，会不会，就在他的想象之列呢？

这个女人，藏得真深啊。当想得没有结果的时候，他一定会这么感慨吧。这个隐藏深深的女人，这个无意中使他落入了如此难堪的沼泽地里的女人，他恨她么？

他不会恨的。子秋觉得。因为，她没有罪。她的情书并没有罪。这样干净的微小的表达并没有罪。这样沉默的爱，这样单纯的爱，这样琐碎的爱，这样理想的爱，统统都没有罪。罪只是外在的。这封仅仅一页的情书只是一个薄薄的引子。就像一扇铁门里关满了囚犯，而这封信是一把钥匙，写信的女人只想轻巧地开一开锁，她根本想不出里面会跑出来那么深的黑暗和那么多的魔鬼。

荆漫一定知道她没有罪。所以荆漫对于她，肯定只有长长的叹息。

无论何时，凌晨，黎明，中午，黄昏，只要在家，经常是毫无准备的，子秋便可以听到梅在念着那些民谣：

> 板凳倒，小狗咬。那是谁，张大嫂。拿啥哩，红灵枣。不吃哩，没牙咬。用锅煮，没柴烧。夹哩啥，烂皮袄。不穿哩，虫老咬。不捉哩，没眼瞧……
>
> 红头棍子白馒头，俺去舅家牵花牛。花牛赶到家，南地种芝麻。公公犁，婆子耙，媳妇跟着打坷垃，孩子跟着拾谷茬……

梅说这些民谣的时候，声音穿得很远。夜晚尤其是。成年的声音，童真的热情，节奏的按摩，歌吟的快乐，摞在一起有一种说不出的疯狂。谢英有一次来看子秋，说他听着有点儿毛骨悚然，问子秋一个人在家害怕不害怕。

怕有什么办法。子秋说。其实她心里一点儿都不害怕。她甚至觉得这些民谣都可爱极了。甚至说民谣时的梅，也很可爱。但她知道，这种感觉，是不能告诉谢英的。只有自己知道。

一天中午，子秋正在厨房做饭，忽然听见荆漫在房顶喊她的名字。她停下手中的刀，以为是自己的错觉。

子秋，子秋。

没错，确实是荆漫的声音。

子秋跑出来。

你回来了？子秋道。她知道自己的声音里有一种孩子般的欣喜，可她顾不了那么多了。

回来给她送药。荆漫道，我们房顶的芹菜长成了。你喜欢吃芹菜吗？我采一些给你。

好。

荆漫很快采了一大把，准备掷给子秋。

子秋，接好。他说。

子秋伸出手，向上看去。她赫然看见，荆漫的眼袋垂了下来，显得疲倦而苍老。——或许是他向下看的缘故么？再或者，他确实有些老了。是自己的情书把他折磨老的么？

芹菜是散的。尽管在荆漫的手中握得很紧，可是在向着子秋飞下去的时候，还是落得子秋一头一脸。子秋穿着一身白色的运动衣，在芹菜雨中，像一朵含苞的百合。

子秋低下头，去捡那些芹菜。芹菜翠绿鲜嫩，一种特有的香气弥漫开来。子秋在这香气中，几乎要落下泪来。

子秋实在是心疼他。

2

很快，仅在"阳光香厨"，子冬就又见过那个女孩子两次。一次是她来给耿建送男用护肤品，此后耿建每天早上都哼着曲儿往脸上抹。还有一次是和耿建说着话就哭了，耿建轻轻地把她的头放在肩上。那一幕被许多就餐的同事看到，大家发出轻轻的笑声和嘘声。虽然知道耿建从根本上和自己没关系，这件事也和自己没关系，周围的同事更不知道自己和耿建的特殊渊源，子冬却还是觉得有一种微微的受辱。当然这种受辱的感觉只针对耿建：他不能当着她的面和别的女人这样。尽管她和他不打算将日子过到底。而且，都这样了还不对她说个明白，唱的算是哪一出呢？这么想着，当那女孩再一次来的时候，子冬就装作打电话，走到餐厅外面。她故意慢慢地在耿建和那女孩子面前绕了一圈才回去。她没看他们。但她能感觉到那个女孩子追踪的目光。

这天下班时分，子冬接到了韦兵的电话。约她吃饭。子冬毫不犹豫地答应下来。韦兵的声音让她觉出一种久违的温暖。当然，不仅是为这个。让她飞奔向韦兵饭局的，还有耿建和那女孩子的表演。虽然这种饭局背后的荣耀不会被人知道，正如耿建和那女孩子对她的羞辱也不会被人知道一样。但只要自己知道，这就够了。

晚上七点，子冬来到未来酒店的情侣包间。韦兵已经在那里等着。初夏的天气，韦兵穿着最朴素的白衬衣，细灰格子裤，眼镜后仍是温热的光。见了面，韦兵便呈上一束红玫瑰。已经很久没有收到过花了。子冬顾不得矜持，接了，嗅了一下，道了谢。两人开了红酒，干杯，酒杯在手里晃了片刻，韦兵道："子冬，我都知道了。"子冬的杯子差点儿脱手，声音踉跄道："什么？"韦兵不语。子冬猜测道："是子夏？"韦兵点头，道："其实你结婚那么突然，当时我就觉得奇怪。果然有

173

文章。"子冬不由得涨红了脸。韦兵看出了她的怒气，道："别怪她，是我老求着她告诉我你的消息，她拗不过我，也是想我再有机会，才告诉我的。你不知道我听了以后是什么感觉，好像心又活了一样。"

子冬无话可答。餐厅的背景音乐是柔曼的《月亮代表我的心》。子冬忽然觉得自己的堤坝竟然开始了决口之前的管涌。肩臂疲惫无力，浑身的骨头都松了关节，一垂，又一垂。韦兵的心意她早就知道，也相信。她又不是傻子。可她却也就是个傻子。她的心，到底想要的是什么呢？她一直等待着的爱情，到底是什么呢？她的眼前突然闪现出老成的样子。不，不是老成。她已经放弃了他。那么，她的爱，也许根本就是没有的吧？如果真的没有，那么韦兵发水的话，就让他把自己淹了吧。好歹，韦兵也算是最有诚意的一个。这年头，若是找不到既爱自己自己也爱的"双爱"，能找着一个单爱的，也就算运气不错了吧？再说，日子久了，说不定自己也会爱上他，爱上了，那，也就是幸福了吧？

如此犹豫间，子冬的脸便软下来。突然间觉得自己的眼前有茵茵青草的颜色蔓延——是那只熟悉的梅花表的表盒。韦兵取出那块表，神态庄严，让子冬也由不得端谨起来。"子冬，还是这块表。如果，你觉得可以，就拧开发条，让我们的关系随着这表针的走动开始崭新的计时。"韦兵仍然很文艺地说。

"好。"子冬道。话音刚落，自己就吓了自己一跳。心想这是自己的声音么？但看韦兵的脸色，她知道这就是自己的声音。然而戴到了腕上的这块表，为什么怎么看怎么像一枚定时炸弹呢?

惶惶然吃完了饭,子冬回绝了韦兵一起散步的建议,打车回到家。从楼下往上看,客厅的灯亮着。耿建回来了。子冬放慢了脚步。她不想见到耿建,今天的事情一出接一出,哪一出都让她不想见到他。

门开了,耿建果然在。还有一个人,就是中午那个女孩子。带人回来,他应该先给自己打个招呼的。子冬愕然。耿建的突兀超过了她的想象。但她还是礼仪周全地朝那女孩子点点头,然后换鞋。

"嫂子下班这么晚啊?"女孩子说。

子冬抬起头,没有回答。只觉得好笑。她叫她嫂子?

"嫂子工作很辛苦吧?"女孩子继续没话找话。

子冬依然没回答。

"介绍一下,"耿建的声音响起,"我姑姑家的孩子,表妹。在美容院做按摩师。最近谈了个男朋友,是个打工仔。我姑姑不同意,要棒打鸳鸯,她就来找我想办法。"

"你们婚礼那天我也在呢,嫂子。人太多,嫂子可能没在意我。嫂子的皮肤保养得真不错。"女孩子甜甜地说。子冬看着耿建嘴角漾起狡黠的笑容,这才恍悟。往客厅端茶的时候,她不禁拉拉衣袖,尽力遮盖着腕上的手表。

表妹走后,子冬问耿建:"你这些天不是为了她,那是为了谁?"

耿建不语。

"有喜欢的人就告诉我吧,我承受得住。"子冬笑道。

"那天，我们同学聚会，我见到了一个人。"耿建终于说。

"安纺?"子冬脱口而出，"她怎么样?"

耿建看了子冬一眼，眼神里百味俱全，沉默片刻，笑道："还行。"然后坐到沙发上才仔细跟子冬讲，他到得比较早，就在饭店大堂外等同学，看这么多年没见面，自己能一眼认出几个。情况还不错，几乎是来一个，他就认出一个。到后来始终没见她，他就有些失望。一进到包间他却听到有人叫她的名字，终于，他不得不确认：她就是安纺。她那么老，那么憔悴，是他们所有同学里最寒碜的。超过了他最惨烈的想象。她让他心痛。席间，他们的目光几次碰触，她都受惊般地跳开了。但当饭局结束的时候，他还是叫住了她，单独坐了一会儿。她告诉了他自己的经历：他们是在丈夫的四川老家结的婚，结婚前丈夫就对她说，婆家那边对生男孩很重视，所以先不去登记。不登记就可以自由生。等生得差不多了再补办结婚证准生证等一切手续。她觉得有道理就同意了。婚后他们没有再出去打工，拿着以前的积蓄开了一家副食批发店，每天起早贪黑地做生意，日子过得还算安稳。可等她生下一个女儿，丈夫和家人很快就变了脸，赶她离开。为了孩子她一直忍着，想着再生个儿子就好了，但他们不容许她忍。丈夫和一个女批发商好上之后开始公开同居。那个女人是本地人，经常来到店里，明目张胆地欺负她。最后丈夫和那女人结了婚，把她的衣服都扔了出去。她打了110，警察出面调解，她才得到了五百块钱路费，带着女儿一无所有地回来。现在，女儿已经六岁了，在她乡下娘家。这次经历，她以110那名女警察对她的嘲笑为总结："傻呆瓜，木脑壳。要是当初登了记，他们欺负你就没有这么容易。"

回来之后，她来到这个城市打工，第一份工作是在一个商厦的品牌玉石专柜做销售小姐。没两天就有同楼层一个卖手机的男人来献殷勤。每天上班的时候给她带牛奶和面包，下班的时候给她打电话约会。建立关系不久他就带她去见他的父母，对她表现出了十二分的爱情。她很快被打动。他家房子很小，两人约定攒钱买新房，等付了房子的首期款就结婚。为了攒钱她住到了他家，省吃俭用地朝着首付款努力。生活了不到半年，她就觉得他对自己越来越淡。她顿时有了一种不祥之感，悄悄地将存款中自己的那份儿一点一点儿地剥了出来。等到他向她提出分手的时候，她踏踏实实地带走了属于自己的全部财产，然后辞去了那里的工作，现在在一家超市打工。这件事给她的教训更加验证了那个女警察的话。让她明白：衡量一个男人是否爱你的最重要的标志，不是房子，也不是金钱，而是他愿不愿意当机立断迫不及待飞蛾扑火般地和你结婚。

子冬一边听着一边看着电视里的光影。耿建的讲述像在穿越一条幽暗的森林通道，里面有苔藓碧绿，又有雾霭蒙蒙，还有隐隐的鸟鸣，以及让人窒息的瘴气。耿建的每一句后面似乎都有微微的叹息声。不知怎的，她的脑海里莫名其妙地闪现出《复活》里的聂赫留朵夫和玛丝洛娃。从耿建的难过程度她可以看得出来，安纺是他的一块心病。他似乎还爱着她。而且她越落魄他似乎就越爱。

耿建，我说不好什么是爱情。子冬终于小心翼翼地说：但我知道，爱情就是爱情，不是别的什么。

我明白。友情，亲情，征服欲，悲悯心，这些都不是爱情。耿建笑道：可是，爱情可以包含这些东西。一看见她，我心里就有一块地方水汪汪，湿漉漉的。总干不了。她就像一个泉眼儿。或者说，一个伤口。我觉得，这就是爱情。

子冬抿了一口茶。茶水的热气把她的眼睫毛熏得润润的。她信了。这就是爱情。泉眼儿。伤口。老成就是她的泉眼儿和伤口。她把他堵住了，她的爱情就发炎了，管道就缺水了。爱情是水——想想，自己和耿建真是一路货色呢。连打个比方都如此类同。

你想怎么做？子冬问。

能怎么做就怎么做。

那就和她结婚吧。子冬看着耿建的眼睛：既然，你一直都爱着她。

耿建不语，把眼睛躲开，神情有点儿腼腆。子冬心里一阵酸涩。这腼腆更证明了他的爱。她承认自己对安纺有那么一丝嫉妒。

你什么道理都知道，别让我费口舌。子冬道，该出手时就出手吧。

就这么大方？耿建笑，就一点儿都不吃醋？

因为我不想让你将来拖我的后腿，所以现在我绝不能拖你的后腿。子冬也笑。

喂不熟的白眼狼啊。耿建站起来，轻轻地拍了一下子冬的头，亲昵地骂道。又站住，沉吟片刻，道：子冬，你有选择了

178

吧？我早就注意到了你那块梅花表。

正在进行。

什么人？

韦兵，我对你讲过的。我们都是好马又吃回头草了。

只要草好。耿建说，那就让我们共同努力吧。

子冬伸出手，轻轻地和耿建握了握。

3

那天晚上，"110"冲进来的时候，子夏和男人正在进行。门是被踢开的，雪亮的手电筒光照在他们身上，像两根诡异的柱子。警察气势汹汹的吆喝声震得墙壁唰唰响，子夏裹上浴巾，看见男人在簌簌发抖。

今天晚上的自己是愚蠢的。她知道。其实看见男人再次从窗口跳进来，她就有些预知了自己的愚蠢。

下午快下班的时候，传达室给张宏打来电话，说有亲戚来找，让他听声音确认一下。接完电话的张宏一副心事重重的模样，他告诉子夏，姑姑的病实在不能再拖了，医药费亲戚们也给他们凑得差不多了，表弟又来找他，想让他再帮忙找一下市里最好的脑外科医生去亲自主刀。

"那点儿名气是容易买的么？红包最少得两千。"张宏说。

"那对他们来说负担很大吧？"

"我替他们拿。"

子夏笑笑，夸他对姑姑可真有情意。这又打开了张宏的话匣子，他忆起姑姑对他的亲。说他上大学之前，每年寒暑假都会去姑姑家住一段。好吃好喝自不用说，单是照顾他的衣衫就是一门功夫。夏天，他的衣衫一天两换，总是干干净净的。冬天，他每天起床前，姑姑都会把衣服在炉子前烤暖递到他的手上。他去上大学之后，姑姑每次去火车站送他都要掉泪。而每次迎接他回来，姑姑都要早早地到火车站等。他一下火车，接到的第一样东西就是姑姑递过来的温热的茶鸡蛋。仿佛他不是去上大学，而是去受苦。姑姑对他的好，连姑姑的孩子们都嫉妒得没办法。姑姑的这份恩情，他都不知道自己怎么才能报答。

两个人正聊着，有人敲门，一个人走了进来。

"哥。"他呆了呆，慌乱地看了子夏一眼，喊张宏。他穿着一套旧迷彩服，这衣服不太合体，腰身那里有些瘦，裤脚那里也有些短。大约已经穿了很长时间了，颜色一块深，一块浅，斑斑驳驳。

就是他，就是夜晚那个男人。生活看着是那么疏松，其实却是多么严格啊。

子夏忽然觉得有些恶心。

子夏点点头，快步走开了。她没有勇气再看那个男人的脸。但她知道，他认出了她，正如她认出了他。而在认出彼此的那一刻，他们之间就该完了。

但是，现在，他又站在了她的面前。就站在那里。直直的。

她说：不行。

她说：你走。

她觉得自己必须拒绝。

为什么？男人说。

不为什么。子夏皱着眉。她几乎开始痛恨男人这样的询问，仿佛他有这种权利。其实他有什么权利？但反过来，她又觉得自己的痛恨也很可笑。男人固然没有权利，但他们之间从一开始就和权利这样的词没有任何关系。

你不用怕，我不会告诉别人的。

子夏沉默着。几乎要笑出来。男人的这种安慰居然是一种居高临下的怜悯，但简直也可以理解成另一种威胁。而奇怪的是，无论是怜悯还是威胁都让她觉得有些可爱和亲切。如果说怕，她应当是比他怕得多的。她有体面的工作，有正统的身份，有漂亮的容貌，有无数比他要好得多的世俗的可能。在这个城市，如果事情被人知道，这对男人来说就是一桩可以炫耀的艳遇，对她来说则是一场灭顶的灾难。可她怕么？不，她只是对白天的相遇感到厌恶。她只是对今天碰到的那个男人感到厌恶。

在她寂寞的沉默中，男人不知趣地伸出了双臂。子夏推了推，在他的拥抱中迟疑了。她厌恶今天白天的男人，但这是在晚上，是在他攀着一楼的防盗栏杆爬进她窗户的晚上。白天和晚上还是有些不一样的吧？可也许这正是他的特别之处。他不像她一样在乎对方是谁，不像她一样在乎白天的相遇。在他的意识里，也许她就是他夜晚的一个女人。他似乎确定白天的相遇并不代表什么，在夜晚他依然可以是她的君王。以后还会有男人以这样野蛮的自信和混账的勇气来对待她么？

她不知道。她知道的只是：自己居然有些贪恋着这样的野蛮和混账。

"最后一次。"男人靠近她说，"我妈妈动完手术，我就要回家了。"

是的，这确实是最后一次了，如果这个夜晚被实践的话。

幽暗的房间里，他们静静地对峙着。房间一点一点明亮起来，是路灯的灯光。光总是能跑得很远。无论是多么弱的光。无论是多高的窗户，无论是多么厚的窗帘。男人犹豫地伸出手，子夏躲开了。她突然又是讨厌他的犹豫，仿佛自己在盼着他斩钉截铁。这个夜晚，这个男人似乎什么都不对：勇敢不对，怯懦也不对。他要听她的话，什么不做就走，似乎也是不对的。那她想要的，到底是什么呢？

男人终于抱住了她。不由分说。子夏挣扎着，但他毫不松手，像螺钉一环一环地卡着螺母，僵硬，紧张，又含着一种强烈的眷恋。他今晚肯定是特地洗了澡的，子夏闻到了公共浴池里那种特有的气息，也感觉到了他饱满的欲望。他把今晚看成了什么？是最后的狂欢吧。

她妥协了。或者，她原本也是想的。

男人很快读懂了她的想，把她抱到了床上。

也许，她一直都是愚蠢的。

在闹哄哄的人群中，男人七上八下地穿好了衣服，戴上手铐，被两个警察扭到墙角蹲下。他和子夏一起沉默着。

满房间里只有另一个女同事的声音在喧嚷。她说她今天有点儿事，回来得晚，下了出租车就往上看。因为公司曾经被盗过，所以她一向很注意。看着看着她就觉得不对劲儿似的，说二楼那个窗户怎么好像有一块儿黑乎乎的东西，还会动。她马上就想到是不是有人在入室抢劫。

我数了数，天啊，正是子夏的屋子，她一个人可怎么好啊，赶快就报了警。你们的速度也太慢了点儿。她很熟络地埋怨着一个警察。

人们出事儿的时候嫌我们慢，犯事儿的时候就嫌我们快了。警察笑着说。然后他过来问子夏男人是几点上来的，子夏没有说话。他又问子夏明天能不能去公安局配合一下做个笔录，子夏还是没有说话。

"子夏，你没事吧？"同事过来摸摸子夏的头，又像对孩子似的哄道，"没事，啊？没事。"

子夏知道按照被强暴女人的通常表现，自己应该哭，从而顺理成章地接受人们这样那样的抚慰。可她没有。她觉得自己似乎应该说些什么，可一时间她想不好。缺了她的哭声和语言，忙乱乱的人群似乎少了一种重要的润滑剂，大家都显得有些干涩起来。

我们还是先走吧。一个警察说。他们去揪那个男人，沉默许久的男人仿佛刚从梦中醒过来，胳膊往前徒劳地挣了挣，说："是她自己愿意的！"

一个警察当胸给了他一拳。

"是她自己愿意的！"男人绝望地重复。

另一个警察踢了一下他的膝盖，他差点儿跪下。他被两个警察像木偶一样提着，晃了几晃，影子打在墙上，有点儿像在演木偶戏。

"是她自己愿意的……"男人又说，声音越来越低，"……我妈还在医院呢……她晚上开着窗等我来，好几次了……"

脸颊上又挨了一个耳光，有人骂道："还敢他妈的瞎嘚嘚！这会儿想起你妈在医院了？你还知道你是你妈生的啊？开窗有罪啦？这么热的天儿，谁不知道开窗凉快啊？"

"……我表哥，是她上司……我表哥，叫张宏……"男人仍在挣扎中低声诉说。他们挨次走向门口，走下楼梯。一切都渐渐沉寂下来。

"子夏。"同事端过来一杯水，送到子夏唇边，仿佛她是一个极度虚弱的病人。子夏笑了笑，将水放在了一边。

第二天，子夏没有上班。下午，她接到了张宏的电话，说他已经替她请了两个星期的带薪假，要她好好休息。

"子夏，对不起。"张宏说，"如果我知道他是那样的人，死也不会带他到我们的办公室……"

子夏握着话筒，不知道该说些什么。她的手慢慢地垂下来，挂掉了电话。

第十一章

1

表戴得久了，子冬越来越深地体会到了韦兵的心机。这表仿佛是韦兵的另一个化身，不离不弃地跟随着她，让她不由自主地要看看它。其实有了手机，表戴得很无用。可这表昂贵的情感价值和金钱价值让子冬对它必须得上心，不能轻率。这表成了一个有负担的装饰。装饰毕竟是装饰。尽管，这装饰看着是安心的，也是华美的。享受别人目光的时候，也是受用的——宛若韦兵本身对她的效用。然而子冬越来越觉得这表让她无法安心，因为韦兵越来越频繁地流露出结婚的意向。他就那么看着子冬，用一种让子冬不忍的眼神，悠悠地问："子冬，到底会是什么时候啊？"

"不是说过了么，等耿建也找好了就行。"

"其实，也不用那么认真吧？又没有办证。"

子冬不语。韦兵此时的态度让她厌烦。他不会明白：办证不办证对她和耿建来说并不重要。他更不会明白：她和耿建之间这种看似荒唐之举中蕴藏的庄重和默契。她不想和他多说。

她看着腕上的表，觉得时间走得真慢。她想，接受这块表是个错误。

韦兵很快道歉。韦兵最大的特点就是会根据子冬的脸色马上反思和调整自己，然后以最快的速度做出言不由衷的道歉，从而转移矛盾，化解危机。

"其实，我还不是担心你。和他住在一起，总觉得像把你放在了老虎身边。"道完歉他又不甘心地解释。听到老虎这个词，子冬不由得笑："那倒不劳你费神。没听说么，女人一过三十就如狼似虎。我才是真正的老虎。"

"那什么时候让我看看你的虎狼之相。"韦兵暧昧。子冬再次沉默，然后把话岔开。现在，和韦兵已经接过吻，拥过抱，就差上床了。应该已经算是地地道道的情侣了吧？但是，不知怎的，她对他，始终没有冲动。他点不燃她。他对于她，尚不如耿建。耿建偶尔还有一种温暖想让她的身体去和他联通。当然，想也只是想而已。自从和韦兵正式建立了关系，她在耿建面前就不再疲疲沓沓，开始格外注意装扮和举止。对此耿建很快就有了反应，回报出了相称的分寸和距离。他的反应一方面让子冬觉得安慰，一方面又有些不能言喻的歉疚和伤感。

随着约会次数的增多，韦兵显得越发啰唆起来。常常地，他会在各个时段打来电话，不厌其烦地询问子冬的生活细节：几点钟洗澡？几点钟睡觉？盖一个被子冷不冷？早餐吃什么？用什么牌子的牙膏？有一次，子冬不在，韦兵居然和耿建聊了起来，不知道聊了些什么，子冬回到家，耿建只是含笑看着子冬，道："妖精，把人家迷得不浅啊。"子冬当即打电话给韦兵，问他胡说了些什么，韦兵唯唯诺诺，一一道来，最后说："我们聊得很愉快。"子冬吧嗒一声挂掉电话。她很生气。从哪个角度看都想生气：他们聊得好，她会生气他们的大方，好像他们在踩着她的名字建立着两个男人之间可疑的友谊。他们聊得不好呢，她一样会生气。生气他们的小气，仿佛白白认识了他们。总之是怎么都不合适——后来子冬终于明白，她生气的本质原因就是韦兵和耿建的直接联系。将来，也许她会像一只接力棒，被韦兵从耿建手中接走。在理论上她应该有一种想象的温情和感动，但事实上，她不喜欢他们短刃相接。非常不喜欢。他们的相接以她为焊点，这让她有一种本能的焦灼和排斥。

尽管一直被韦兵催着，子冬却从未催过耿建。耿建说他进行得不太顺利。安纺一直很自卑，不敢接纳他。子冬对他说那就用文火慢炖，只要有以前的基础，没有几个女人能经得起这种炖。这么说着，她不由得又想起韦兵。韦兵也是在用文火炖她吧，现在他的火有些急。不过已经很不错了，几乎等同于情圣。换个人，谁能这么容忍她？这种等同于凌迟酷刑的忍耐，有几个人能承受得起？但是，韦兵再好，她也还是不想勉强自己。事已至此，如果韦兵耐性断裂，自动退出，那最好不过。一边以耿建为借口拖着韦兵，子冬一边痛骂着自己的内心阴暗。

已经三天没有子夏的电话了，子冬有些纳闷。子冬和韦兵再续前缘之后，子夏的电话几乎天天都有，说过来，说过去，无非是些关于男人衣服和化妆之类的车轱辘话，然而这些话题总是常说常新。电话里聊得不过瘾，子夏还时不时地跑到家里，害得耿建干脆搬到了小卧，说是让女生们到大宿舍聊。对他的奉献女生们当然也有所回报：美味小炒，各色零食，新潮外片，或者或头或脚的局部异性按摩服务。三个人在一起，倒也其乐融融。现在没有了子夏的电话，子冬总觉得缺了点儿什么。正想打电话给她，门铃响了，是子夏。

"耿建在吗？"子夏一进门就问。

"在。"耿建应声而出，"小姨子有何吩咐？"

子夏在沙发上坐下，不再是那种嬉皮笑脸、没心没肺的模样。她不严肃，但是很认真。子冬从没有见过子夏如此神情。

"请你帮忙。"子夏说，"我碰到了一件事。"

听完子夏的讲述，子冬和耿建面面相觑。

"我知道如果我不说话，他就没有力量反驳。"子夏说，"但是，确实是我自己愿意的。"

"你想好了？"耿建问。

"是。"子夏说，"我会主动去公安局撤案，不过请你一定要帮我和你叔叔打好招呼，让这个案子撤得利落点儿。他妈妈还在医院里。"

一周之后，张宏打电话约子夏出去喝咖啡。这是他第一次以私人身份约子夏单独出去。

"我表弟，他放出来了。昨天。"张宏说。

"好。"子夏说。

"我打了他一顿。"

子夏无话。

"那天，他没有伤害到你吧?"

"没有。"

"那我的歉疚会轻些。"张宏啜了一口咖啡，用勺子轻轻地在咖啡杯里拌着，"我打算辞职。"

"为什么?"子夏觉得意外。如果是因为这件事，辞职的应该是她。

"或者你辞职。"张宏果然接着说。

"我会考虑。"子夏冷静应答。这才是职场中人呢。道歉归道歉，难容归难容。再不好说的话，为了自己，都可以说。

"我会替你介绍一份和帝湖一样好的工作。"张宏突然把脸靠近子夏的脸，"然后，向你求婚。"

子夏瞪大眼睛。他向她求婚?

"如果不是为了我，你怎么会主动去撤案?你知道他是我的表弟，才这样做的，是吗?你想通过这种方式来婉转地替我还姑姑的恩情，是吗?"张宏的眼睛里满是疼惜，"你真傻。你怎么这么舍得委屈自己呢?"

子夏沉默。张宏的逻辑何其完美啊。

"和你没关系。"子夏终于说。

"你不用这么安慰我，我知道你是怕我承你的人情才这么说的。"张宏说，"我再笨也知道你不会喜欢他那样的民工。"

"真的和你没关系。"子夏眼睛里闪现过一丝促狭的光，"或许，真的是我愿意呢?"

"这个，打死我我都不会相信。"张宏很坚决，"其实，在翠玉山的那个晚上你就该知道我很喜欢你，只是还拿不定主意。这件事情让我铁下心来。请你相信我的诚意。"

子夏不语。事情的后续居然如此，这太出乎她的预料。

"那，你以后怎么面对你的表弟呢？"

"我们这么对他，已经是天恩地德了。也平衡了姑姑对我的好。"张宏眼睛里闪烁着冷冷的光，"我对他说，要他以后永远也别再见到我们，我们永远也不会再想见到他。"

他已经和自己口口声声说"我们"了，子夏忽然觉得荒唐而又温暖。是的，和张宏结婚当然是不错的。那就试试？难得有这样的误会，难得有这样的时机，难得有这样合适的男人以这样的勇气向她提出这样恳切的请求。

"你不怕和我结婚之后，会背着流言蜚语过日子么？"

"你不怕为我背，我也不怕为你背。我相信自己的眼睛。我知道你是一个怎样的女孩子。"张宏的眼睛亲切而惶恐，"请你和我结婚，傻瓜。我怕错过你之后，我就再也碰不到你这样傻的傻瓜了。"

子夏看着张宏的眼睛。这双眼睛里的东西是多么动人啊。仿佛盛着一汪温泉，让她忍不住想跳到里面去洗澡。

"好。"她说。

"你愿意了？"

"我愿意。"子夏说。停顿片刻，她又做梦般地重复道："我愿意。"

2

　　渐渐地，子冬发现，耿建的状态和以前不一样起来。皮鞋天天擦，领带衬衣天天换，还不厌其烦地去逛"海澜之家"，向子冬殷殷咨询搭配的款式和颜色。他说安纺离开了那家超市，他又给她在移动公司介绍了一份工作，工作环境和薪水待遇都比过去要好。两人之间偶尔有了什么问题，比如生日礼物，比如饭桌上聊天时安纺突然生了气他却一头雾水，他都会回来请教子冬，让子冬从女人的角度给自己解析一下，再找出相应的办法。这一切都侧证着他和安纺似乎进行得不错。

　　一边给耿建当着军师，子冬也三下五除二地结果了自己和韦兵——韦兵终究没有经受得住考验。那天早上，大约七点钟左右，天刚刚亮，子冬和耿建先后起床，子冬去阳台的晾衣架上取过袜子，刚从大卧走出来，就看见韦兵赫然立在客厅，子冬吃了一惊。忽然听见背后有动静，却见耿建穿着睡衣也走出了大卧。面对着这样的情形，韦兵的眼睛里滚动着雷一样的暴怒。

　　"宁子冬，你不是说，你睡在小卧么？"他终于问。

　　子冬看着手中的袜子，这一幕着实有些暧昧，不好解释。子冬回身看看耿建，耿建也看看子冬，然后从子冬身边绕过，想要到卫生间去，却被韦兵一把拦住："你不觉得应该说点儿什么？"

　　态势很突兀，然而也很严峻。耿建笑笑，拨开韦兵，进了

191

卫生间，卫生间里传来响亮的撒尿声。这声音忽然让子冬感受到一种含混而强大的鼓舞。她看着韦兵的眼睛，她的眼神很坚定，很锋利。她的口气更坚定，更锋利："你怎么进来的？"

"昨夜，喝完咖啡，你把钥匙落在出租车上了……"韦兵的语气一点一点萎缩起来，"我本来想给你送，可太晚了，早上，你手机还没开……我怕你急用，就送过来了……"

"门铃没坏。"

"我怕扰了你睡觉……想给你一个惊喜……"

"很好，你的惊喜我已经领受到了。"子冬拿起那把钥匙，"再见。"

"子冬……"

"你可以走了。"

"子冬。"

"那就打开窗户说亮话吧。"子冬微笑，"你不就是想逮住这千载难逢的好机会来抓我的现行么？不就是想证明一下我是不是像向你承诺过的那样在守身如玉么？不就是想知道我和耿建睡没睡觉么？那我告诉你，我们睡了。"子冬突然褪下腕上的梅花表，"从戴上这块表开始，我们就在一起睡了，这表每走一天，我们就睡一次。你满意了？"

"子冬。"韦兵低下头去，口气如患了重症般衰弱。

他是爱我的。他是爱我的。子冬对自己说着这句话，觉得心中一种疼痛。可是，想挖疮就不能怕割肉啊。

"韦兵，"她的口气温和起来，"你真的可以走了，不要让我告你擅闯民宅。"又回头叫住刚从卫生间里出来准备进厨房的耿建，"明天记得把锁换掉。"

连着几天，韦兵都给子冬订购了玫瑰送到公司，子冬没有松口。花送至半个月，她和韦兵吃了一次饭。席间韦兵做了长篇检查，子冬默默听完，说了最俗气的一句话："韦兵，对不起。谢谢你的爱。"

沉浸在幸福中的人都是迟钝的。子冬和韦兵已经断交了一周，耿建还不知道。一天，耿建回来后告诉子冬，他已经把他和子冬的事情向安纺讲了。安纺觉得很新鲜，当然也表示充分理解。她说如果子冬没意见，她想过几天来见见子冬。耿建问子冬是否让韦兵也参加，子冬只好说自己同韦兵已经彻底结束，不过对于安纺的光临她表示由衷欢迎。耿建犹豫了一下，点头称谢。

一个周末，安纺到来。她的样子和耿建描述的不差什么，文静，纤弱，秀气。只是好像有些缺水，显得干巴。大眼睛里也不是小羊般的清澈与单纯，而是闪烁着一丝很微淡的冷漠和苍凉。子冬心里不由得一颤。她的眼睛周围已经长满了细细的皱纹。羊怎么还可能是羊呢？

两个女人共同下厨，安纺表现出了训练有素的精湛厨艺，耿建倚在房门上，乐呵呵地看着两个女人忙碌。子冬赶了几赶才把他撵走。安纺话不多，但从有限的话里子冬也可以听出她的敏感，识趣，卑微和忍耐——这是以往的艰难生活给她的礼物。谈到孩子她才微微有些兴致，说孩子快七岁了，她想把孩子带在身边，让她在城里上学，不过户口是个问题。

"要说问题也不是问题，只要你们结婚就解决了。"子冬说。

安纺笑了笑。子冬蓦然从她的笑容里读出了一点弦外之音：你知道就好。

安纺对耿建非常体贴：夹菜，递餐纸，泡茶，续水……耿建很沉醉。冷眼看着，子冬却有一种强烈的直觉：安纺其实是不相信耿建的。也不相信自己。她不相信耿建能够兑现承诺给她的一切。仿佛现在只是一个美梦。这梦是不真实的。她在这个梦里体验着幻觉中的欢乐。怯怯地。因为她总觉得：这梦迟早会醒。至于自己在这个梦中的角色，子冬也完全可以想象：等到谈及结婚，耿建肯定会提出要等自己，安纺开始也会如韦兵当初一样同意，然后么，安纺就会越来越没有安全感，越来越有做梦的感觉，最终会和韦兵一样，落入疑性怪圈。再然后么，梦真的就会破碎——都是差不多的戏码，还是不要复制了吧。

于是，一天晚上，饭后在小区的湖边散着步，子冬和耿建认真地谈了一次。

子冬说："我找到合适的人了。"

耿建说："是吗？他叫什么名字？在哪里工作？你们怎么认识的？他对我们结婚的事情怎么看？要是没有准备好答案，一会儿躺到床上再好好编编。"

"你以为没有？"

"如果有明天就让他来家里吃个饭吧。我和他聊聊。"

"不必。他为什么要和你聊？"

"因为只有我才能放你走。"

"你是我什么人？"

"爱情监护人。结婚互助组组长。"

子冬忍不住笑了。

"子冬，"耿建看着子冬："不要为了我，委屈自己第二次。"

"不仅是为了你，"许久，子冬道，"安纺和她的孩子都需要你用结婚来保证，我不需要。"

"她们的问题我会想别的办法来解决，并不妨碍我们之间继续履行约定。"

"说不妨碍是掩耳盗铃。"子冬道，"你跟她好好的就行了，别管我。"

"小妨碍破坏不了大爱情。只要爱情够结实。"耿建的嘴角流溢着抑制不住的笑容，"现在，我只谈跟你之间的事。"

"我跟你之间的事，说完就完。"子冬道。心想什么样的爱情才是结实的呢？

"是吗？抛弃老公没有那么简单哪。"

河适花园很大，散步的人很多，都是一对一对的。子冬忽然想，他们在别人眼里也是如平常夫妻一般吧？他们能给予彼此的，也和平常夫妻没有什么两样吧？除了当初，他们没有爱情。现在，也依然没有爱情。他们直接越过爱情，飞进婚姻。且时刻准备着有一天再飞出这婚姻。可是，这婚姻除了爱情，真是什么都不缺啊。那些以爱情为地基的婚姻，有几个能比他们好那么一些些呢？

子冬回到自己的卧室。头靠在门板上，蓄谋已久的泪水在瞬间滑落下来。这一刻，因为耿建，她觉得很幸福。虽然这幸福，也和爱情无关。

3

那天晚上，子秋看书看到一点多，正准备去睡的时候，听到一种异样的声响。那种声响很轻，很轻。不仔细听，几乎是听不出来的。但子秋的听觉自从搬到这里之后，因为留心荆漫的动静，已经被训练得像警犬一样灵敏了。

声响来自房顶。谢家的房顶上铺了一层砖，砖上又覆了一层反光的柏油布，到夏天防晒用。砖是按照两竖砖架一横砖的结构搭起来的，空心。柏油布盖在上面，看着平平整整，却一点儿也不承重，走在上面，一不小心就会踩脱，把砖踩成方窝。

那声响就是砖被踩成方窝的声音。

子秋的第一个意识是：有贼了。第二个意识是：家里没装水泥楼梯，真好。第三个意识是：贼会不会落进邻院？梅家有楼梯，顺着下是很方便的。

子秋闭了灯，潜心听着。如一只鼠。她听到，果然是有最细小的声音落进了东邻的院子。

子秋拿起电话，手脚开始打战。谢英不在家。只有她。电话里的嘀嘀声在暗夜里分外刺耳。子秋屏息。她忽然间有点儿犹豫。万一不是呢？万一不是的话，不是白白惊动了梅一场吗？她本来就有病，禁得住这样的惊动吗？

她把电话放了下去。

然后，是一个女声短暂的惊呼。再然后，是子秋最熟悉的梅的大叫：

啊——

母兽般的，长长的。然而与她素日的热闹相比，也还是最普通的那种，很快就湮没在无边的黑色中。四周依然归于深甜的寂静。街坊都习惯了。如果没有办法搬家，就只能习惯在这样的夜晚睡觉，即使不远处就有一个随时会喧嚣起来的精神病人。

夜晚是让人睡的。这是万人安睡的夜晚。窗帏低垂，夫妻交颈，少年美梦，婴儿呢喃。被褥温热温热，时钟滴答滴答。子秋睁大双眼，谛听着隔壁点点微微细小的声响。他们低哑的含糊不清的询问，保姆低哑的含糊不清的回答。他们翻箱倒柜地找，然后，他们离开。

子秋的手始终放在电话上。她随时可以拿起话筒。但她不。

她没有错。荆漫没有错。梅也是没有错的。荆漫可怜。梅呢？在一个保姆手中长大，现在又在另一个保姆手中生活，似乎更可怜。但是，大家都活得这样不舒服，如果有一种方式恰巧可以解决这种不舒服，那也没有什么不好吧？

何况，也不一定能解决得掉。

子秋知道，自己的心，有时候，是极硬极硬的。对一些人有多软，对另一些人，就有多硬。

子秋没有睡。也没有打电话。

直到天亮。

梅死了。梅是因为反应激烈而被劫匪在惊慌中连刀杀死的。保姆对警方说。保姆被捆在了床腿上，嘴巴粘了透明胶带。

梅流了很多血。

警察询问到子秋的时候，子秋说：我爱人在加班，我很早就睡了。我什么都没听到。如果听到，我怎么会不报警呢？

梅的父母把房子卖掉了。他们彻底搬家那天，荆漫在房顶上收了最后一茬芹菜。他喊着子秋的名字：

子秋。子秋。

子秋跑出来。

还有很多芹菜，都给你吧。你不是喜欢吃吗？

好。

芹菜撒下来之后，荆漫没有立即离开。他眼看着子秋把芹菜一根根地捡起，一直沉默着。

"有什么事么？"子秋手握着满把的芹菜，终于问。

"我听说你和谢英……是真的么？"

"是的。"子秋道。

"那这个房子……"

"我租他的。"子秋顿了顿，"不过，我很快就不在这儿住了。"

子秋微笑着。荆漫也微笑着。

不久，子秋就搬离了这里。当她把搬离的决定告诉谢英时，谢英做了最后一次努力。

"我们之间，真的没有一点儿希望了么？"

"希望是有的，但不在我们之间。"子秋道，"谢英，谢谢你。不过，你还是去做别的选择吧。"

"你心中，有人了么？"

子秋笑了笑。

"如果有人了你就明确地告诉我。要不我不会死心的。"

"是的。"子秋点了点头。

"谁？"

子秋抿了抿嘴唇。再也没有说一句话。

两个月后，谢英就结了婚。是个二十多岁的姑娘。这在子秋的意料之中。他有职有权有房子，却没有孩子。该有的全有，不该有的一样都没有。再婚当然是不愁的。能坚持心无旁骛地等她这么几年，已经近乎情种了。

荆漫一直没有再结婚。

第十二章

1

分手时总觉得人海茫茫，相聚时就知道世界真小。子冬没想到，自己会再次碰到老成。还是那家唱"亲爱的"的歌的超市，她走出来，正路过一辆白色的别克车，车门突然打开，老成从车上走下，挡住了子冬的去路。第一句话就是："丫头让我找得好辛苦啊。"

一看见老成的眼神，子冬就觉得扎在土里的那些休眠的根须开始复苏，痒痒地在心头蹭着，蹭着。他们一起去吃了饭。饭吃得很家常，两个人的话里却是风生水起。老成的话热，子冬的话冷。老成的话多，子冬的话少。老成的话激情胜火，子冬的话拘谨退让。

"结婚了么？"

"结了。"

"怎么样？"

"还好。"

"什么叫还——好？"

"……"

"老公是做什么的?"

"一般公司职员。"

"肯定有不一般的地方吧?不然怎么能入你的慧眼?"

"……"

看着是一个攻,一个守,一个开,一个闭,守的闭的似乎是强的,攻的开的似乎是弱的,但只有身在其中才会知道,恰恰相反。守的闭的是弱,攻的开的是强。只有强才会有力量去攻去开。因为他有着可供消耗的充分的资本。几番试探之后,老成开始倾诉。他说这几年他都在想她。他说他的手机二十四小时都为她开着。他说他感谢这么久的分离让他更明白了自己的爱。甜言蜜语。男人的甜言蜜语都是一样的。这些甜言蜜语是俗气的。子冬知道。可是甜言蜜语从来就是女人最重要的情感食粮。她也是个俗气的女人。她也想听这些甜言蜜语,只要说的人合适,譬如老成。她有多少日子没听过这些贴心贴肺的甜言蜜语了啊。他甚至对她说:他已经对老婆开诚布公地谈过她。他说老婆已经同意,只要他找到她,就可以离婚。为此他宁可损失自己的一半财产。

子冬一句一句地听着,怕漏掉一个字。她的耳朵早就资不抵债,饥饿困乏。大旱逢甘霖。子冬享受得心安理得。她觉得自己配。因为她也一直没有忘他。忘不了。他爱她,她也爱他。而且他还在努力娶她。这多么好。好得不能再好。每听老成一句,子冬就觉得心里的底儿在往下坍塌一点儿。老成讲完了,她的底儿也塌完了——及至听到她和耿建的婚姻状况原来是这样，老成的欣喜更是溢于言表。滔滔不绝的表达如乘上了一辆巨大的装甲车，气势磅礴地朝着子冬碾压而来。直压得子冬丢盔卸甲，城池陷落，如同遭遇了最强级的地震。

两个月后，子冬怀孕。老成看看化验单，算算日子，抱着子冬在地上转了三圈。告诉她等肚里的孩子过了三个月的安全期后就和她奉子成婚。结婚是很累的事。他不想让她在头三个月里情绪波动太大。只要过了三个月就成。他正好也可以利用这三个月的时间把家里这一头的麻烦进行彻底清理。

这时候子冬方把一切原原本本告诉耿建，耿建对她近期的怪异行踪早有疑虑，这才茅塞顿开。先是祝贺，然后问她老成是否知道他们的情况。子冬说他知道，却很大方。耿建微笑。他让子冬把老成带回来让他见见。子冬爽快答应。耿建舒口气道："等到见过姑爷，赶紧把你嫁了，我也好向安纺求婚。"子冬气道："什么口气，难道你是爹？"耿建道："还别说，有时候看见你的感觉确实像闺女。估计你看我的感觉有时候也会像儿子。"子冬正喝着茶，笑得几乎岔过气儿去。

等到子冬把耿建的意思对老成说了，老成却犹豫了一下，说：有必要么？子冬斩钉截铁地说：有。老成抱着子冬笑道：好，宝贝说有就有。

那次见面，在子冬的眼里再寻常不过。两个男人都表现得彬彬有礼，风度翩翩。聊了些体育、战争、汽车、基金之类的时事。送走老成，子冬迫不及待地询问耿建的意见，耿建淡淡道："子冬，这篇文章蛮有意思，你看看。"

子冬接过来，是个女子的一段感情简史，说爱上了一位有妇之夫，那人也喜欢她，并且答应娶她。她一边幸福着一边对他的妻子觉得愧疚，同时也是有些不忍和好奇，就想先了解一下那个女人。于是费了一番功夫，假装很自然地认识了她。却发现她人很好。"……是一位很善良也很可爱的大姐。我们在一起慢慢地喝着茶，听她描摹他家居生活的样子，翻看他小时候的照片，她还讲了他们夫妻的许多事，怎么装修的房子，生孩子那天他如何在产房外大哭，他遇到车祸后还患了一段时间的抑郁症……听着听着，我就觉得，自己对他，太想当然了。不错，他确实很好。我依然还喜欢他。但对他，已经没有什么野心了……"文章最后说，她很庆幸自己没有草率地发起刀劈剑刺的攻势。而是绕到爱情背后，悄悄撩起对方婚姻的衣里，察看了一下这衣里的针脚。于是，她惊讶地悟出，原以为只有自己能签署给他的幸福生活，不过是他跟妻子生活的盗版。她的设计与他的拥有所差无几。她能给他的，不过如此。

氤氲的台灯光下，子冬合住那本杂志，又打开。再合上，再打开。这期间，耿建一直不动声色地看着电视。屏幕上，一群插着小翅膀的天使孩子手捧蜡烛，正唱着《同一首歌》："……甜蜜的梦啊谁都不想错过，终于迎来今天这欢聚时刻……"

子冬拿起遥控器，关掉电视。歌声顿时坠落向无际的沉静。

"你的意思是……"

"再慎重些，"耿建点燃一支烟，"行吗？"

"怎么慎重？"

"你不是说他和老婆聊过你么？话听千里，不如跨出一步。你去会会她。"

"怎么会她？"子冬瞪大眼睛，"上门自首？"

"傻瓜。那你不是羞辱人家么？她还能跟你说什么？"

"你有办法？"

"你忘了，我表妹在美容院。"耿建笑道，"你只要把他老婆的手机号码从他的手机里查出来就行了。这不是件难办的事。"

子冬沉默。是，这不是件难办的事，只要她想去办。那个女人，叫刘小莲。她可以想象到耿建如何去操作这件事：表妹打电话向她推销美容项目——她说自己在别的美容院有年卡——表妹说自己的美容院服务更好——她辩称现在去的那家也不错，最后无论结果如何，子冬都能在一家美容院与她邂逅。

2

两天后，子冬把一个手机号交给耿建。一周之后，耿建把一个美容院的地址交给了子冬。下面的事情更简单。子冬与她首次一见如故，第二次便相谈甚欢，第三次一起做美容的时候，她就对子冬和盘托出。她似乎平日没有什么说话的对象和机会，难得遇到子冬这么诚恳且有兴趣倾听的听众：老成早就告诉过她，她不能给他生个儿子，所以他要在外面再找。自从开始这个活动以来，他已经找了好多女人。却都没有如愿。不是女人不愿意生就是怀的是女儿。那些女人只要怀孕，就会得到五万。如果是女儿，就得做掉。他说如果哪个女人给他生出了儿子，他就和她离婚，和那个女人结婚。"他最近告诉我，他又有苗儿了，是个老相好。说是卦仙儿给他算过命，这个女人能给他生个儿子。只要 B 超确定了是儿子，我就走人。他这么大的家业，是不能没儿子的。我命中无子，没办法。随他怎么办，反正管不住。他这人我知道，挺仗义的。我是他的结发妻，要是离婚他绝对不会亏待我。这就行了。不认命还能怎么着？要是碰到那些泼皮无赖，一个子儿也不给你，你还能把他杀了剐了？"——子冬这才明白，为什么他要等三个月后才确定结婚的事：他要看看她怀的是不是儿子。三个月的胎儿做 B 超就能够比较有把握地鉴别出性别。尽管医生说会对胎儿性别保密，但老成当然有办法知道。

回到家里，耿建开门，看见子冬的样子，不由得怔住。

"子冬？"

子冬扑上前去，狠命地捶打着耿建的肩膀。每一声捶打都爆炸着一句不用说出的话：都怪你！都怪你！都怪你！都怪你！——她恨他的提醒。他碎了她的梦。为什么不让她做梦？如果是个儿子，她的梦就可以做到终老。

"对不起，子冬。"耿建任子冬打，等她打累了，方才道。

子冬死死地看着耿建："告诉我，你是怎么看出来的？"

"我是男人。"耿建用最通常的大白话敷衍道，"有时候，只有男人能了解男人。"

他不能告诉子冬，在老成进门的一刹那，老成看他的目光里就泄露了最重要的信息：那里面有妥协，有愧疚，有趋奉，有讨好——是刀子准备杀人前的那种乖巧和收敛。还有一丝是如同在看一只替罪羊般的怜悯和嘲笑。却唯独没有一个男人深爱一个女人时，对另一个男人的森严戒备和热烈嫉妒。

而对子冬这样的女子，一句大白话似的敷衍，就已经够了。

"臭，男，人！"

"是，是臭男人。我也是臭男人。"耿建把子冬紧紧地拥在怀里，"可你是勇敢的，是不是？"

子冬失声痛哭。她是勇敢的。是的。可她是多么不想用这样的事情来证明自己的勇敢啊。耿建轻轻地拍着哭泣的子冬。子冬哭着哭着，终于感觉到了累。哭声由强到弱，由弱到无。耿建把她横抱到床上，给她盖好被子，摸摸她的鼻息逐渐均匀，确定她已经睡去，才蹑手蹑脚带上门退出。听到门锁的轻响，子冬睁开眼睛，任泪水浇灌到雪白的枕上。

第二天，老成找到了子冬，恳切解释。子冬面无表情。老成又拿出一只沉甸甸的公文包来，说："这是十万，比别的女人都高，我只要知道孩子是男是女。女的就算了。要是男孩，我再给你十万，孩子生下来以后，只要做过 DNA，确定了是我的种，我再给你五十万。"子冬将茶水泼到老成的脸上，站起身便走。老成一把将脸上的茶水抹掉，冷冷道："你要是敢做掉孩子，有你好看。"子冬终于道："随便。"

两天后，子冬打电话向老总请了病假，说是肠胃炎。耿建陪着子冬一起去医院确定手术的日子。挂过了号，他们坐在长椅上等着医生。穿堂风吹得走廊尽头的窗户哗哗作响，秋天的风已经很凉了。耿建轻轻地环住子冬。他们就那么静静地坐着。有年轻的小护士走过去的时候，会扭头艳羡地看他们一眼。

不远处忽然传来女人急促的抽泣声，两人转脸，看见另一只长椅上坐着两个女人，哭着的女人穿着病号服披头散发地在对另一个女人诉说："……那时候，他说他爱我，心里只有我，要是有了别人就天打雷劈。现在，雷劈的却是我……我死了也不能让他好活，见阎王也得拖他半条命去……"正说着，一个男人拎着一袋水果从房间里走出来，女人噤声，换了平静的口气对男人道："把香蕉也拿走吧，给儿子吃，他这一段时间大便不好。记住早上让他空腹吃。"

子冬和耿建把目光收回来，盯着地面。

"耿建，你说，将来我们找到了爱情，又用爱情结了婚，结果会不会也和那些人一样？"

"不知道。那是将来的事。"

"如果是那样，我们现在的坚持又有什么意义呢？"

"如果坚持，还可能有意义。如果不坚持，就一定没有意义。所以，我要坚持。"耿建道，"跟着我一起走吧。不到长江不停步，不到黄河不死心。"

"那要是到了长江黄河呢？"

"也不停步，不死心。找只船把自己渡过去。"

安顿好子冬，耿建把安纺约了出来，告诉她：子冬现在需要他。他们的结婚计划得延迟。安纺的神情本来就惶惶不定，闻言更是如见坟墓。半晌才道："我们结了婚，也一样可以照顾她。"耿建道："现在我对她的照顾，她接受起来心理是平等的。如果我们结婚后再去照顾她，那感觉就不同了。"安纺道："你怕她对我们心存愧疚？"耿建道："她若是愧疚，那是她善良。她若是不愧疚，那也是正理。毕竟我和她有约在先。如果一定要说愧疚，我此时提出和你结婚，就该对她先有愧疚。"

"其实，你们又没有办证，"安纺犹豫道，"用得着这么死守着契约么？"

"真正的契约不在证上，是在心里。"耿建郑重道，"如果我连和她的这种契约都不能遵守的话，你还敢放心地把一辈子交给我么？"

"我就怕是这样，结果还是这样。"安纺把手从耿建手中抽出，道："那孩子户口的事呢？现在六月，七月就该报名了。"

"到时候再想办法。我可以找关系，让孩子先借读。"耿建道。

"如果她一直没找到合适的，我们是不是就一直不结婚？孩子是不是就得一直借读？"

"即使她找不到，也会有解决的办法。但现在不行，你再等等。"

"有什么办法解决？等到什么时候？"

"我不知道。"

"你自己都不知道的事情，还要我怎么相信？"安纺冷笑，"如果一定要我相信，我就只能相信，对于我这个拖着油瓶的女人，你只是有些旧情难忘，想做两天露水夫妻。我还相信，你和宁子冬的同居友谊会比我们的爱情更天长地久。"

安纺说话的时候，耿建久久地看着安纺的脸，仿佛她是一个陌生人。他第一次领教了她的伶牙俐齿。

"安纺，"耿建终于道，"是不是只有结婚证和户口才能让你信任我？如果是这样，我为自己感到羞耻。"

"对不起。"安纺沉默了一会儿，捋了捋垂到额前的头发，艰涩地笑道，"生活告诉过我太多不该相信什么，没有告诉过我我该相信什么。"

3

冬天很快来了。快元旦的时候，一天，子秋和同事去省里的主管部门报送本年度的工作总结材料。本来她们要打车去的，后来同事说凑巧碰到熟人的一部车也去省里，可以顺路捎他们去。车来了，子秋坐进去时才发现是荆漫的车。荆漫也坐在里面。

荆漫一如既往地和子秋打了个招呼，子秋点了点头，笑了笑。

行至半路的一个小镇上，忽然堵车了。堵了足有一里多长，看样子一时半会儿开不了塞。司机等得不耐烦，下车抽了支烟，又跑到前面去打听路况，子秋的同事趁机去附近的商店买口香糖，买完口香糖又钻进了鞋店。车里只剩下了荆漫和子秋。

两人都沉默着。子秋是有意地沉默。她不知道荆漫是不是也和她一样。和荆漫在一起的时候，他似乎从来都没有这么长时间地沉默过。子秋觉得自己已经到了承受的边缘。她决定开门下车。就在她的手扳到车门搭扣的时候，荆漫开口道："子秋，这一段你怎么样？"

子秋不知道该怎么回答。却又不想让自己显得紧张，便反问荆漫："你怎么样？"

荆漫也没有回答。

"对不起。"子秋马上察觉出自己反问得不妥，赶忙又说。这三个字她早就想说了。然而在此刻说出来，她却不敢附加任何别的含义。

"没什么。"荆漫淡淡地说。

没有话说，又不好下车。子秋顺手从包里取出一本杂志看起来，似乎是为了掩饰内心的慌乱，也似乎是为了杜绝和荆漫再说话的机会。

荆漫转头看了一眼子秋。子秋知道自己此刻在车里，是有些奇怪的。但她还是硬着头皮看着杂志。她觉得此时的自己只能去看杂志。鬼使神差。

荆漫是鬼么？是神么？

"子秋。"荆漫喊。

"子秋。"荆漫的声音抬高了些，虽然很温和，但还是把子秋吓了一跳。

"荆漫局长。"子秋艰难地，怯怯地抬起头。荆漫的脸正视着子秋，默默地看着有些异样的子秋。在他的眼神里，子秋很轻易地就捕捉到了一丝神秘的感应和熟悉的波光。轻易，然而也还是突然。突然得让她不敢让目光再停顿一秒。

"子秋。有些事，我一直想问问你。"荆漫的声音很轻。

沉默。

"《搅水女人》那本书里的批注，是你写的吗？"

沉默。

"你的字，真好。"

"子秋。"荆漫的声音又轻了一层，"喜欢旅游吗？见过大海吗？青岛、烟台和日照的大海都不错。"

依然沉默。

"子秋。"荆漫的声音一层层地轻了下去，仿佛有什么东西长了翅膀，要随着他的声音飞起来：

"你喜欢那句诗吗？一片冰心在玉壶。"

车内的寂静，如铺满了白雪的原野。

子秋。子秋。子秋。

荆漫倔强地喊着。他的声线似乎淡成了一条透明的丝，但这丝不断。无限绵长。它一条条地缠上子秋的喉咙。子秋觉得，自己马上就会变成一根线管。

"是我。"

不知过了多长时间，子秋终于说。

"我知道。"荆漫沉默片刻，说。

"我没有办法。"子秋垂下头，捂住眼睛。

"我知道。"

子秋的泪水涌出了指缝。荆漫伸出手，给子秋擦着泪水，泪水很快把他的手掌也洇湿了。他注意到了子秋的手，他发现她的每个指甲盖上都涂着一层极淡的银光，宛若一汪汪小小的湖。每一汪湖面上，都开着一朵极玲珑极淡雅的花。

"你还知道什么？"子秋哽咽着。透过朦胧的泪光，畏惧地看着荆漫。

"我还知道，你喜欢吃芹菜。"荆漫轻轻地抱了抱子秋，"我什么都知道。"

第十三章

1

子冬临进手术室之前，耿建提议进去陪她，被她严词拒绝。剧痛中，子冬始终没有呻吟一声。等她脸色苍白地从手术室挪出来，耿建抢上前，一把就把她抱了起来。子冬伏在耿建怀里，泪落如雨。前些时，父亲的病是半死，现在，她的手术是半生。这个陪着她经历了半死半生的男人到底是个什么样的人啊，自己怎么会碰到这样一个人啊。

子冬住院的第三天，子夏来到医院看望子冬。耿建也在。两人都有些微微的尴尬。子夏的脸居然有些红。耿建削好一只苹果递过去，子夏接了，神色才渐渐自如起来，问子冬哪个男人造的孽，子冬开玩笑指指耿建，子夏摇头："得了吧。你俩多有原则啊。"

"有原则还不好吗？"

"好。"子夏说着敬了个歪歪扭扭的军礼，"向你们致敬。"

一周过去，子冬要求出院回家静养。出院之后，子冬做的第一件事情就是先来到单位续假，说肠胃炎还没好，得再休养两天，老总道："流产手术是得多休息几天。不然会落病根儿的。"子冬吃惊道："你怎么知道的？"老总不接子冬的话茬，径自又问："听说你结婚了？"不等子冬回答，便语重心长道，"我没有说过谁结婚就炒谁鱿鱼吧？我没有歧视过已婚女性吧？为什么要瞒着别人说自己还没结婚呢？结婚有什么可丢人的呢？这么做有什么目的呢？"一串疑问句之后，老总叹息一声，"要想人不知，除非己莫为。子冬，要自重啊。"

子冬在讶异中沉默了片刻，走出了老总办公室。下了两层楼，碰到同事的目光也都有些异样。子冬心里越发明白，同时也越发讶异。风声是谁走出的？百思不得其解。

身体有些虚，卫生巾该换了。她进到卫生间，听见两个同事正在各自的格子里悠闲聊天：

"……看起来那样一个正经人，谁知道这么会胡搞。"

"就是，两人还一起装单身，真是少有。我说怎么总见他们一起打车上班呢。再巧也不能这么巧啊。"

"更想不通的是，两人还互相介绍对象。不对，应该叫性伴侣吧……"

"啧啧，这叫什么事，真够不要脸的。"

"要不是接到匿名信，我们还都蒙在鼓里呢。说不定还要给他们介绍对象呢。"

"那我们也都算是协助犯罪了吧。呵呵。"

子冬蹲在格子里，看着隔断上雪白的瓷砖。久久不动。眼前闪现出和耿建一起生活以来的许多影像：她和形形色色的男人相处，他和形形色色的女人交往。她帮他出谋，他帮她划策，他们一起去看望两边的老人，一起迎接婆婆打量她肚子的凌厉眼神，现在，他们的事情已经开始走漏风声，他们还要一起面对外界暧昧多义的含混目光……将来，他们的事情一定会被人当作八卦新闻广泛传播，会有人偷偷叫他们神经病、二百五，或者叫另类、变态，那他们的日子就更有热闹可瞧了。

当天晚上，子冬睡得很晚。今晚的《心夜相约》是千慧主持。这个栏目已经办了十年，千慧的年纪也快四十了。她是那种年轻时不显得年轻，沧桑也不显得沧桑的人。也许是化了妆的缘故，在镜头前看不出任何变化。嘴角始终向上弯着一个小小的弧度，保持着微笑的神情。和百智不同，她从来没有吐出过一个难听的字眼。

先打进电话的是一个女人，她说她已经四十岁了，可声音还很稚嫩。像个小小的女孩子。如果是百智，劈头就会骂："你多大了？啊？你多大了？都四十了还这么嗲？你知道自己是谁吗？"但千慧却只是夸赞："你的声音很好听。请告诉我可以帮你什么？"女人说丈夫早就有了外遇，她发现后一直在隐忍，假装不知道。最近自己也受到了情感的诱惑，不知道该怎么办。

"你不喜欢他？"

"喜欢。"

"他是真心喜欢你吗？"

"我觉得是。"女人轻轻地笑了，笑声里浸出一丝甜蜜，"而且，他的感情比我要强烈。"

"那你最不能面对的问题是什么？孩子？"

"不，我不打算离婚。孩子不是问题。我，只是觉得会对丈夫有负罪感，虽然他先对不住我，可想到自己也要用这种方式对待他的时候，就不能饶恕自己。"

"你的善良我完全可以理解，不过问题的症结不在这儿。来，让我们听听音乐，先聊点儿别的……在这之前，有人向你示过爱吗？"

"有的。"

"你像现在这样矛盾了吗？"

"没有。"

"为什么？"

"对那人没感觉，所以也就谈不上有心理负担。"

"这就对了。"千慧微笑，"你矛盾的主要原因是因为对现在这个人有了感觉，也就是说，他以从未有过的力度打动了你。与对丈夫的负罪感其实关系不大。也许，在心底里，这种感情的诱惑还会让你有一种报复的畅快感呢。可你在享受的同时又不得不用自己谴责丈夫的道德准则来拷问自己，所以才觉得痛苦，是不是？"

"是。"女人道，"我该怎么办呢？"

"没什么好办法，抵抗住了，就拒绝。你会失落，也会得到一种成就感。抵抗不住，就接受，你会享受，也会进入另一种煎熬。你不能两全其美。"

"可他怎么就能两全其美呢？"

"你是说你丈夫么？"千慧笑道，"我不知道他是否和你提过离婚。不过我想，不论是否提过，不论他是准备和你决裂还是正在对你隐瞒，对他而言这种状态都是一种痛苦。只要是痛苦他就不会两全其美。他肯定付出了相应的代价，只是这代价你无法知道，他也没办法让你知道。"千慧娓娓道来，"这个世界基本上还是公平的。"

"如果我和那个人好，你会觉得我品质有问题吗？"

"我不是法官。我只是你的朋友。请原谅我不对你的这种假设做出判断，我觉得自己没有权力，而且，我觉得任何人都没有这个权力。你有你的自由。我相信你能够处理好自己的事情。"千慧道，"作为朋友，我只祝福你。"

对话温馨结束，完美无缺。千慧对着屏幕做这个电话的结束语："人心，人心，人人都有一颗心。心就在各自的身体里、皮肤下，我们手放在胸口就可以看到。但是心真的离我们这么近吗？我们真的能够看清我们的心吗？"

子冬看着千慧祥和安恬的面容。这个女人，历练了这么久，心里该有一把多么锋利又多么仁慈的刀子啊。如果说百智是"怒其不争"，千慧就是"哀其不幸"了。听别人的故事时，百智的反应是有趣的、个性的，讲自己的事情时，也许人们还是更愿意选择千慧。

第二天，耿建下班回到家，发现子冬的东西都已经无影无踪。小卧的床头柜上，放着一封信。信写得很简短，是子冬一向调侃的口气，要他和安纺赶快结婚，只有这样才能尽快解决安纺孩子的户口问题，说这是安纺的心病，必须先解决了她这个心病他才能得到他想要的爱情。还说自己因为经济窘迫怕付礼金只好赶快逃开。最后她说："我不能矫情地说请你过得比我好，但请你也祝福我，至少混得不要比你差。"

耿建正茫然间，子夏来了，她的神情显然是早已经知道了一切。她朝耿建伸出手掌，掌心里躺着这个家的钥匙，大小共四个：地下室的、报箱的、防盗门、防盗门里面的衬门的。

"她去哪儿了？"

"她不让告诉你。"

"她现在的身体还不能乱跑，知道不知道？"

"她自己有分寸。"

"有屁分寸！"耿建愤愤，"快告诉我吧。"

"她会自己照顾自己的。你结你的婚就是了。"

"没有她的消息，结婚是不可能的事。"

子夏微笑："子冬真没有白认你一场。铁杆同盟啊。"

耿建不理。把钥匙扔到餐桌上。钥匙发出一下响亮的"哗啦"声。

子夏抽抽嘴角，转身而去。耿建微微沉吟了一下，拿起电话，子冬关机。询问了一遍，哪里都没有子冬的消息。他忽然想起了什么，订了一张机票，然后又打电话给安纺。安纺说她也正有事找他。她让他先说。他说过之后，她才开始说。说得断断续续："耿建，你去吧，去把子冬找回来，好好过日子……其实，以后你不必再向我通报行踪……我很感谢你对我这么好……我真的不配你对我的好……你的好，让我一直很有心理负担……"

"安纺，"耿建语气沉静，"你想说什么就直说吧。"

"移动公司有一个同事，妻子已经死了四年了，也带着一个女孩子。比我女儿大……我想，和他应该还比较现实。"

"你考虑好了？"

"……孩子的事情我不想耽搁。耽搁不起。"

"你确定了？"

"我怕等。"安纺说，"我等够了。"

"那好吧。祝你幸福。"耿建飞快地说。他生怕自己停顿下来就不能说出口了。

"耿建，其实，我看，"安纺的口气很郑重诚恳，"你俩都别找了。你俩就是天生一对。"

"那是我们的事。"耿建挂断了电话。

2

第二天，耿建飞到了丽江。到丽江之后，他给子冬发了一条短信。他知道，她不会一直关机。她总得看看短信。天近黄昏，他接到了子冬的回复，他们在一家酒吧门口见了面。这家酒吧的名字叫"懂你"，位于丽江著名的酒吧一条街。这条街的所有店面都临着潺潺的河水，一条条木板连接着河的两端，水声如乐，侧首似乎就可闻到水草的青气。河边是一长排依依的垂柳，小店门外的红灯笼色差相应，盈盈悦目。灯笼的光摇曳倒映在水光中，蜿蜒渐逝。很多吧屋的桌椅都是纯木质地，俯在桌面上，似乎可以嗅到森林原木繁杂润湿的混合香味。

坐在酒吧二楼的窗前，他们一起看着河里清澈的流水。一个身着宽大的黑衣蓝裤的老太背着背篓从他们眼下蹒跚穿过，玲珑的小脚上穿着一双雪白的袜子。子冬想起了婆婆，她也爱穿白袜子。

"耿建，我们是不是很荒谬？"

"可能吧。"耿建说，"但我们的荒谬一定是因为有什么比我们更荒谬。"

是的，肯定是有什么东西比他们更荒谬。子冬想。他们以友谊的方式构建了婚姻，以婚姻的方式等待爱情，如今却发现，所有的爱情都在他们的友谊面前不堪一击。这是他们友谊的问题，还是他们爱情的问题？她忽然有些恍惚：他们还能碰见爱情么？不是自己爱别人，也不是别人爱自己，而是自己也爱别人别人也正好爱自己的那种真正的爱情？

"子冬，你还相信爱情么？"耿建问。

子冬不语。雪山的水在河里静静地流着，无始无终。

"我信。"许久，子冬说。她突然发觉自己的声音变得健壮厚重起来，仿佛是小提琴的清婉配上了大提琴的深沉。她这才明白，自己说这两个字的同时，耿建也在说。他们是一起说的。

"你为什么信？"子冬问。

"你为什么信？"耿建反问。

两人相视而笑。笑容澄净。耿建拍了拍子冬的脑袋，从包里拿出旅行团的日程表，对她一一讲解，说如果她的身体状况还不错的话，明天他们就先在丽江逛逛，后天就能到香格里拉，大后天到德钦境内，大大后天就可以看到梅里雪山的主峰。梅里雪山又称雪山太子，被当地藏民视为神山。有十三座平均海拔在六千米以上的山峰，被称为"太子十三峰"。是云南最壮观的雪山群。主峰卡格博峰海拔高达六千七百四十米，是云南的第一高峰，以其巍峨壮丽、神秘莫测而闻名于世，早在二十世纪三十年代美国学者就称赞卡格博峰是"世界最美之山"。中日登山队连续三次攀登，均未能到达峰顶。他们的旅途中有一处景点便是中日登山遇难纪念碑。

"看到又能怎样？你还想登顶不成？"子冬笑道。

"能登顶固然好，但对于向往它的人来说，登不了顶也没什么。"耿建道，"最重要的是梅里雪山还在那儿，卡格博峰还在那儿。"

他们相视又笑，一起朝远处看去。天已经黑了。远处的天空什么都看不到。但是他们都明白，雪山离他们并不远。

3

明天就是元旦了，新年新气象。老宁心情很好。老伴儿在厨房做菜。小阿姨请假了，说想在家里多住两天，等到过完三天大假再回来。老宁夫妇自然同意了。小阿姨一走，老宁就给子冬打了电话，说晚上子春三口去岳丈家吃新年饭，要她和耿建也来。子冬说耿建出差了，子夏在她那里，等会儿她就约好子秋，姊妹三个一起回去陪二老过年。

放下电话，老宁忍不住就哼起了小曲儿。现在，他越来越感觉到了养女儿的好处。前些天他和老伴从桂林旅游回来，一下火车就病倒了。医生说是劳累过度引起的急性脑溢血。老宁一倒，老伴心急带心痛就犯了高血压，也一并跟着住进了医院。子春正在国外考察，儿媳妇带着孩子根本顾不上。老两口就交给了三个女儿和一个女婿。四人分成两班，轮流去医院值夜。本来他们最担心子夏没用，没想到子夏不仅在医院照顾他们时细致入微，就是在厨艺上也从未有过地展现出了主妇潜质。每次轮到她去医院值夜时，她都会给他们带去一些自做的小菜，菜都不重样，且有各色新奇名目去逗人惊喜："火山下大雪"——西红柿拌白糖。"母子相会"——黄豆炒黄豆芽。"波黑战争"——菠菜炒黑木耳。"绝代双骄"——红辣椒炒青辣椒。"悄悄话"——口条拌耳根。最有趣是"走在乡间的小路上"——红烧猪脚，点镶香菜。这些菜送到医院，仅是菜谱的创意就让二老开怀不尽，病好得很快。老宁对同屋病友夸耀："儿是名气，女是福气，这会儿才算知道。"看到耿建在旁边，病友赶趁说女婿也不错，老宁欣然道："那是自然。女婿不好，女儿再有好儿也使不出来。"心里却不服气地想：若不是养了好女儿，哪儿会有好女婿呢？

最让他惬意的是，他的女婿很快就由一个增添到三个了。子夏说她的未婚夫是原来在帝湖公司一起工作的同事，因为公司不允许办公室恋情存在，她还因此特意跳了槽。是个挺帅气的小伙子，这两天她就会带他过来拜见一下他们。子秋的未婚夫他们已经见过了，在电视上。记者正在采访的时候，子冬指给他们看的。看起来老成持重，一表人才，风度翩翩。也难怪，是个局长呢。听子秋说他妻子死了，留了个女儿。这让老宁心里有点儿别扭。毕竟接了个油瓶。不过他很快释然了。子秋已经是个离婚茬，能做局长的填房运气就算不错。就是接个油瓶，这油瓶毕竟也是个女孩，女孩总比男孩强，只要一出门就清净了。若是个男孩，一辈子就会扯拉不清。如此说来，男孩是个臭油瓶，女孩还是个香油瓶呢。子秋还有生育权，若是她的肚子争气，能生下个男孩，那她这辈子就是吃糖喝蜜的日子，再也不用他们瞎操心了。

厨房里的香气一股股地朝他涌来，他打开门，朝里面瞄了一眼。

"好了没有？"

"就差热炒了。"老伴儿说。

老宁到厨房里转了一圈。猪脚黄豆汤已经煨好。凉水里泡着木耳，温水里泡着黄花。凉瓜已经切成了薄片，等着做凉瓜滑蛋。鸡肉已经切成了鸡丁，准备做辣子鸡丁。香菜已经切段，姜蒜已经备齐，盐、白糖、老抽、生抽、陈醋、白醋、料酒、花椒、辣椒、味精、鸡精、麻油都已经在灶台上严阵以待，只等着女儿们了。

"热炒等孩子们回来再做。现炒现吃。"他说。

"知道。"

老伴把凉菜先上到了餐桌上。老宁来来回回地看着。凉菜四道：盐水凤爪、蒜泥白肉、凉拌三丝、金针菇拌芹菜。都是最一般的家常小菜。其中金针菇拌芹菜是老宁亲手做的。他是在桂林吃到的这道菜，他们把这道菜叫"夫妻恩爱"，他问原因，他们解释说可能是因为金针菇的菇字和芹菜的芹字连读起来，"菇芹"很像"夫妻"吧。这解释有些勉强，不过名头是好的。老宁今天要的，就是这个好名头。

孩子们还没来。夫妻二人看着电视，有些无聊。老伴儿手闲不住，从厨房里拿出些生花生来剥仁。这是子冬的婆婆前些时托子冬带给他们的。老宁顺手拿起几张过了期的晚报，挑些有趣的念给老伴儿听：

"香魂今日可相慰，天网恢恢罪难逃。我市一年前一凶杀案终告破……这是说的市委老家属院那桩案子吧？在谢英家隔壁的那个。看看，这儿罪犯承认说，听说这里面住的都是当官的，才打起了主意。"

"亏得我们子秋不在那儿住了……"老伴说，"想想就瘆得慌。"

"是瘆得慌。"老宁点点头，继续读，"报案之后又撤案，没事闲逗警察玩……一个女孩，和一个民工好上了，那民工每次去找她都翻窗台，有一次被人报了警，那女孩说他们在玩游戏……切！"

"真是吃饱了撑的！"

老宁摇摇头。现在的孩子们，整天耍着花招淘气。真是让人想不通啊。

"咦，这还有一个稀罕标题：你，隐婚了吗？"

"隐婚？什么东西？"老伴惊奇，一边将一把红通通的花生仁放进碗里，老宁随手拿起一颗，丢进口中，开始用自己的语言给老伴讲解："在职场上，已婚状态的男女，由于种种原因不愿意暴露自己的已婚身份，就叫隐婚。原因么？有这么几条：有的是单位有规定，只要结婚就开除，那就只好隐婚了。

有的是想用未婚身份来更容易地获取异性的帮助和关注，比如没结婚的女人朝男人撒个娇发个嗲，那些有想法的男人就没有不献殷勤的。还有一种原因就更荒唐了。看看他们怎么说？既想排除外界的干扰，又想在感情上有更自由的选择……这不是胡来么?!"

"哎哟，这些人都是怎么想的?!"

"谁知道。"老宁翻过这个版面。这个世道，是越来越难理解了。他觉得自己不看报还好，一看报就糊涂。

"那，我们子冬当初结婚不是也让我们帮着瞒人的么?"老伴有些犹豫，"是不是也算是隐婚?"

"可能吧。"老宁没想到这个，干笑了一声。

"好像听她刘姨说他们一直还没去办证。今儿问问她。要是没办，让她刘姨给他们办一个。能省五六百块钱的婚检费呢。办了就踏实了。"

"哦。"老宁表示赞成。

门铃响了。老宁看看表。现在是下午六点半。该是女儿们来了。

"你去炒菜，我开门。"他说。

老伴进了厨房。老宁整整衣领，不慌不忙地站起来，向门口走去。走到门边的时候，他弯下腰，往猫眼里看了一眼。没错，是他的三个女儿。一个穿红，一个穿黄，一个穿蓝。从猫眼里看她们，她们显得非常小。她们紧紧地站在一起，像一束烂漫的花。